されく魂

わが石牟礼道子抄

池澤夏樹

河出書房新社

されく魂　わが石牟礼道子抄　目次

III

写真　齋藤陽道
装幀　佐々木暁

されく魂

わが石牟礼道子抄

「まえがき」まがい

ぼくがこれまでに書いてきた石牟礼道子論を一冊に集めた。

それに「まえがき」を書こうとしているのだが、どうも勝手が違う。この十数年の間この人について何度も論を書いて、そのたびに姿勢が変わった。気がつかなかった側面が次々に出てくる。今、ぼくは評論めいた文章はもう書かなくてもいいかという気になっている。

いや、書けないのだ。論を書こうと構えると石牟礼道子はすぐにその枠を越えてしまう。水ならば溢水ないし氾濫であり、人ならば「されき」である。水俣《みなまた》の言葉で「さまよう」の意。「ほっつき歩く」だ。石牟礼さんはこれに「漂浪く」という漢字を当てられた。実際には波浪に漂うのではなく、内的な衝動のままにどこかに向かってひたひたと歩くこと。むしろどこかから去ろうと歩く。

この十数年よく熊本に行ってお喋りをしたが、その途中でも石牟礼さんは幼ないみっちんに戻ってどこかへ行ってしまい、何か思い出したものを持って戻って来られる。目の前にいるようないないような。そんな風であった。

英語に「耳の虫」という言葉がある。earworm。音楽の一節がずっと頭の中で鳴っていて離れない。オペラのアリアだったり古い流行歌だったり映画音楽だったり。その癖を意識するようになって久しい。今ここにヴェルディや美空ひばりやヘンリー・マンシーニの曲の具体名を書くとそれが耳に住み着く。気を付けよう。

それと同じように石牟礼道子の言葉に憑《つ》かれることが頻繁にある。

きっちり十年前の十一月、石牟礼さんが電話でその朝に見た夢のことを話された

——

若い看護婦のような声が「あしたっからお天道さまがお出ましにならないことを

お伝えいたします」と言われました。「あしたっから」という「っ」の入るところが東京の言葉のようでございました。

電話を切ってから、その若い声はアメノウズメだったかもしれないと思った。アマテラスのお籠もりを予告するメッセージ。その時はぼくはまだ『古事記』を訳していなかったからそれ以上は考えなかった。

石牟礼さんについてはこういうことが山のようにあって、読んだこと聞いたことが時を問わず襲ってくる。「されく」も「悶え神」も「のさり」もそうやって覚えた。「これより上の栄華のどこにゆけばあろうか」とか、「シャクラの花のシャイタなあ」とか、「タコ奴《め》はほんにもぞかとばい」とか。雪の中、幼いみっちんの身からあふれる蓬髪のおもかさまとか。

道子の言葉は、はみ出す、あふれ出る、時には飛び去る。人はその後ろ姿を呆然と、唖然と、見送るばかり。いちばん身近にいたはずの渡辺京二さんから見てさえそうだったのではないか。

石牟礼道子はいかなる作家・詩人であったかを総論としてまとめることをひとまず止めてみようか。石牟礼さん本人には自分の全体像など見えていない。生きて書いてゆくのにそんなものは必要ない。大事なのは目の前の白い紙だ。そこから生まれた無数の言葉たちにゆっくりと深々と身を浸したい。

例えば人の名。

作品に出てくる名前だけでも何百人もいる。それがどれも懐かしい。この人たちがぼくの頭の中を飛び回っている。『椿《つばき》の海の記』から思い出すままに並べれば——みっちん、おもかさま、松太郎、亀太郎、春乃、はつの、おきやさま、一《はじめ》、大伯母のお高さま、同じく大叔母のお澄《すみ》さま、ぽんた、髪結いの沢元さん、隠亡の岩殿《いわどん》、「山のあのひとたち」いろいろ、山童《やまわろ》、雪婆女《ゆきばばじょ》、犬《いん》の仔せっちゃん……

(この本の中にこのような名前の羅列はあちらこちらにたくさんある。また繰り返していると自分で思う。何度も辿り直して懐かしむ、引き出しの中の古い文房具の匂いを嗅ぐように。)

自分の幼い頃を語るという体裁だから『椿の海の記』に出てくる名前の主は一応は実在したであろう。

では『水はみどろの宮』ではどうか。

霊位の高い白狐であるらしい「ごんの守《かみ》」の職務は「穿山《うげ》の胎《はら》ん中で、川をさらえ」ることだ。そうやって災害からこの世を守る。「権の守」とは「令制の四等官制の長官《かみ》の権官《ごんかん》。正官の次位、次官《すけ》の上位」であると辞書は言う。ともかく偉いのだ。

白狐がいくら働いても、それでも災厄は起こる。この話の中でも地震や洪水は起こるし、現世でも起こる。二〇一六年には熊本県に大きな地震があって石牟礼さんご自身も被災された。

人災と天災がある。水俣病のような人災に対しては身を呈して闘い、天災に対しては精一杯人々を守る。その職務に身も心も捧げるのが「ごんの守」。

『水はみどろの宮』はいったいどういう世界の話なのか。ここでも評論めいた分析は避けよう。素材の一つとして固有名詞を見よう。

作家は小説を書きながら次々に名前を考案しなければならない。人の名、土地の名。人は本当に人かあるいは何か化生のものか、地名ならば実在するか否か。

人名・地名を分けず書き出して五十音順に並べてみた。まるで文芸サークルの課題のようだが、こうでもしないとこの人の懐に飛び込めないような気がしたのだ。固有名詞の創出・選択は作家業の中でも半ばは詩人に属する仕事であるわけだし。

以下、明朝は地名、☆があるのは実在のもの。×はたぶん創作。ゴチにしたのは人格であるらしいもの。しかし（『椿の海の記』の山童や雪婆女などと同じく）実在性を確定できるかわからない――

有明の海　☆
一の君　マユミの森の古木
魚生み林　×
穿の洞　うげのほら　×
穿山　うげやま　×
歌野　×
歌松小父（歌野の村の）
雲仙岳　☆
烏帽子岳　☆

大樟
雄亀滝　おけたき　☆
お笹ばあじょ　センブリ採り
お諏訪さま
おとき婆さま
おノン　黒衣の祭典長　黒御前　猫嶽おノン
おふじ
お葉

傾山　かたむきやま　☆
髪長まんば
球磨川　☆
黒川　阿蘇　☆
甲佐岳　こうさだけ　☆
（こうぞうの島の）ばあさん　こうぞうは去年《こぞ》

子猫
小萩篦　こはぎささら　×
ごんの守　穿の宮の白狐　お葉には兄しゃま

ササラザウルス
三郎太
三五郎　石工頭
白川　阿蘇　☆
釈迦院川　☆
不知火海　☆
白藤さま
センブリ採りの杖
千松爺　**渡し守**
祖母山　そぼさん　祖母・傾山系　☆

千鳥洲　×

ドウタクザウルス

鯰

内大臣の山　☆（おしょうが淵の）実は大蛇

中岳　阿蘇　☆

根子岳　☆

猫嶽　根子岳のこと？

飛天峠　阿蘇外輪山　×

ヒチリキザウルス

普賢岳　☆

万太郎爺

水はみどろのおん宮　×

緑川　肥後　☆
耳川　日向　☆
めがね橋　現実世界での名は通潤橋　☆
モマ（の笛？）鳥？　黒猫？
野呆さん　やほう　大男の坊さん
山の姫神　速歩の神　山姫さま
らん　山犬
龍玄寺の和尚
ワクド蛙

これが石牟礼道子の世界の部材である。
地名はそれ自体が詩学を含んでいる。ぼくはリストを作ってみてここに掲げられる地名の多くが地図にあることに感心した。実在しながら意味深い。祖母山と傾山は昔から奇妙な地名だと思っていた。しかし『日本山名事典』を見ればわかるとおりすべて山の名は詩なのだ。雨飾山《あまかざりやま》（新潟と長野の県境）なんて名作ではないか。同じことは川の名についても言える。「黒川」、「白川」、「緑川」、「釈迦院川」あたりはともかく「耳川」はなぜ耳なのだ？

それに対して行政地名はどれもつまらないし（国分寺と立川の間だから国立とか）、商品地名は（希望ヶ丘とか、なんとかハイツの類《たぐい》）醜悪である。

地名と違ってこのリストの中で人間はじめ生き物・生類に付された名は作者の創作である。命名することで性格を作る。それが話の中で育つ。その典型が黒猫のおノンで、「黒衣の祭典長　黒御前　猫嶽おノン」と異名が増える。この話、はじめはお葉がヒロインだったのに次第におノンの方が前に出てくる。人間でない分だけ話が自在に繰り広げられる。お葉にはまだ育児は難しかろうが、おノンは預かった子猫を必死で育てる。

作家の中でむくむくと湧き上がるものがある。『椿の海の記』ならば井川。生活の水の源、井戸と川。石牟礼道子ほどの創作力の主の場合、それは自噴井である。地下水面の水圧がとても強いのだ。それは無数の地名を象眼された石牟礼道子国というトポスのゆえと言ってしまおうか。彼女の作品世界はそのまま一つの地形である。読者はそこをさまよい歩く。あるいは、されく。この人を読むとはそういうことだ。

さて、いったいこれでこの本の「まえがき」になっただろうか。

何十年追いかけても石牟礼道子は捕まらないというのが今の感慨。

二〇二〇年霜月半ば　札幌

I

『苦海浄土』ノート

何年かぶりに『苦海浄土《くかいじょうど》』以下の三部作を開いて、かつてと同じようにこの長大なテクストが自分に取り憑《つ》くのを感じた。昔、ぼくはこの作品に捕まって、しばらくの間、身動きがならなかったことがある。『苦海浄土』には読む者を摑んで放さない魅力がある。ここにいう魅力は普通に使われるような軽い意味ではない。魅力の「魅」は鬼扁である。魑魅魍魎《ちみもうりょう》の魅である。魔力とあまり変わらない力で読む者を惹きつける。それを思い出しながら、再び丁寧に読みすすめた。

これはまずもって受難・受苦の物語だ。水俣《みなまた》のチッソという私企業の化学プラントからの廃液に含まれた有機水銀による中毒患者たちの苦しみ、そこから必然的に生まれる怒りと悲嘆、これがすべての基点にある。この苦しみと怒りと悲嘆を作者は預かる。あるいは敢えてそれに与る。彼女の中でそれらは書かれることによって深まり、日本の社会と国家制度の欺瞞を鋭く告発する姿勢に転化する。その一方で、作者はこの苦しみを契機として人間とはいかなる存在であるかを静かに考察し、救いとは何かを探る側へも思索を深めてゆく。読む者はまるでたった一人の奏者が管弦楽を演奏するのを聞くような思いにかられる。なんと重層的な文学作品を戦後日本は受け取ったことか。

しかし、先入観を持った読者には意外かもしれないが、作者は肉体が受ける苦しみの奥を患者に成り代わって想像してはいない。想像を超えるものを想像したつもりになるのは文筆の徒として増上慢《ぞうじょうまん》ではないか。これは感情に訴える煽動の書ではない。そんなもので片づく問題でないことは最初からわかっている。だいいち、患者たち一人一人の顔をよく知っている身としては苦痛の奥は書けない。と作者が思ったかどうか、ぼくも想像を控えよう。

だから病像については客観的手法としてまずカルテが引用される。細川一博士の淡々とした恐ろしい報告。その後に山中さつきの最期についての母の証言――「上で、寝台の上にさつきがおります。ギリギリ舞うとですばい。寝台の上で。手と足で天ばつかんで。背中で舞いますと。これが自分が産んだ娘じゃろかと思うようになりました。犬か猫の死にぎわのごたった」。

その先にももちろん悲惨な姿の記述は多いのだが、そこには一定の抑制がある。苦痛と均衡をはかるように目立つのは、幸福を語ることばである。『苦海浄土』は「苦海」と「浄土」を対として捕らえる思想に貫かれている。「苦海」は「苦界」だろう。漁師にとっては苦の世界は苦の海となる。そして、苦が存在するためにはどうしても浄土がなければならない。浄土なくして苦の概念は成立しない。この世が苦界であちら側が浄土なのではなく、二つは共にこの世の内に並び立っている。

だから、例えば江津野杢太郎《えつのもくたろう》少年の祖父は漁師の暮らしについて「天下さまの暮らしじゃあござっせんか」と言いながら、夫婦で舟を漕いで朝の海に出て、捕った魚を舟の上で刺身に仕立て、飯を炊き、焼酎を差しつ差されつ共に食らう喜びを存分に語るのだ。「あねさん、魚は天のくれらすもんでござす。天のくれらすもんを、ただで、わが要ると思うしことって、その日を暮らす。これより上の栄華のどこにゆけばあろうかい」と嘯《うそぶ》くのだ。実際、この作品群の中には「栄華」という言葉が何度となく誇らしげに用いられる。
それが次のような件《くだり》となると、もう幸福と受苦はそのまま一枚の布の表裏であって、分けることができない――

ああ、シャクラの花……。
シャクラの花の、シャイタ……。
なあ、かかしゃん
シャクラの花の、シャイタばい、なぁ、かかしゃぁん
うつくしか、なぁ……
あん子はなあ、餓鬼のごたる体になってから桜の見えて、寝床のさきの縁側に這うて出て、餓鬼のごたる手で、ぱたーん、ぱたーんち這うて出て、死ぬ前の目に桜の見えて……。さくらぁいいきれずに、口のもつれてなあ、まわらん舌で、首はこうやって傾けてなあ、かかしゃぁん、シャクラの花の、ああ、シャクラの花のシャイタなあ……。うつくしか、なあ、かかしゃぁん、ちゅうて、八つじゃったばい……。

ああ、シャクラの……シャクラ……の花の……。

これはどこかで知っていると思う。浄瑠璃《じょうるり》の口説き、子を失った親がその子の幸せだった日々を思い出して、とわずがたりにしみじみと語る、あの詠嘆の口調によく似ている、と考えていたら、作者自身が『苦海浄土』のあとがきで「白状すればこの作品は、誰よりも自分自身に語り聞かせる、浄瑠璃のごときもの、である」と言っていた。

この作品において方言の力は大きい。ここで語られているのは人の心であり、心を語るのはその人が日々の暮らしで用いている言葉でなければならない。よそ行きの言葉では思いは伝わらないのだ。共通語・標準語を上に立てると、生活の言葉は方言という一段低いカテゴリーに入ることになる。それはしかし順序が逆で、日本列島の各地方ごとの日々の言葉があって、そちらが初めで、あとから国のため、軍や工場で地方出身者に命令を正確に伝達するために、共通語が作られたのだ。

水俣の人が水俣の言葉で思いを語る。その語り口のひとつひとつの裏に、時の初めから今に至る暮らしの蓄積がある。きらきらした語彙とめざましい言い回しによって、思いの丈が語られる。喜びと恨み、苦しみと希望が、時には情を込めて、時には論理の筋を通して、述べられる。この言葉の響きなくして『苦海浄土』はない。

方言はこの話を水俣という一地方に閉じこめはしない。彼らの物語は、暮らしの言葉に根ざした真実性によって普遍的な意味を与えられ、世界中のすべての人間に読み得る話になっている。方言として微妙な意味合いまで聞き取れるのは水俣とその周辺の読者だろうし、ある程度までわかるのが日本の標準語的な読者、しかし本質の部分は何語に訳しても通じる。なぜならば受苦と幸福はすべての人に共通だから。

先の嘆きの文体を浄瑠璃と呼んだのは最も響きが近いからだ。謡曲の『三井寺《みいでら》』も同じ主題だし、子を失った母の嘆きをモノローグで、ありったけの情感を込めて延々と語ることは世界中どこの文学にも演劇にもある。

受難を世界は共有する。新しい水俣は世界中いたるところで発生しているし、そこではいつでも強き者の強欲なふるまいと、それによって苦しみの荷を負わされた者の嘆きと怒り、またその嘆きと怒りを契機に人の心の深淵をのぞき見る戦慄が体験されている。そのすべてが語られるべきものであるけれど、実際にはすべてが語られるわけではない。最も巧みに語られた一例をぼくたちはここに持っている。

あちらこちらの戦争や内乱で難民が生まれている。人はその報に接して、移動する民の姿を思い描く。たしかに彼らは重い荷を負って、疲れ果てて、先の不安に脅えて、移動している。だが、大事なのは、つい先日まで彼らは定住の民であったという事実だ。ニュース映像を見る者はそこの部分を想像しなければならない。何代にも亘《わた》る安定した、土地に根ざした、生活があって、それが奪われる。魚が次々に湧くような豊饒の海が毒魚の海に変わるのと同じように、先祖代々耕してきた畑に爆弾が降り、子供の頃から歩いてきた道に地雷が埋められる。その結果として彼らは「高漂浪《たかざれ》き」を強いられる。チェルノブイリから、アフガニスタンから、ソマリアから、ハイチから。

受難に対して、外から手を貸す善意がないではない。そちら側から見ると、理由の如何にかかわらず、受難というものが互いによく似ていることがわかる。水俣の実態が明らかになるにつれて、市民運動家や学生などが支援に訪れた。それ自体はもちろん望ましいことであるが、当事者である患者やその家族と彼ら支援者の関係はかならずしも滑らかではない。互いは他者であり、意思は齟齬をきたし、時には衝突し、その中から少しずつ理解が生まれる。

『天の魚』の「みやこに春はめぐれども」の章で患者側と「加勢人」すなわち今の言葉でいうボランティアたちのやりとりの場面を読みながら、ぼくは阪神淡路大震災の後のボランティア・グループと被災者たちのことを思い出していた。善意ばかりでことは解決しない。災厄の場は思想が試される場でもある。そういうことを『苦海浄土』は阪神淡路やカブールやバグダッドのずっと前に教えていた。

「受難・受苦の物語」と先に書いた。小説よりもストーリー性を重視した物語という意味ではなく、本義に立ち返って「もの」を「かたる」のだ。

ルポルタージュというと、取材によって集めた素材を一定の論旨に沿って配列したものという印象がつきまとうが、素材が作者の思索の井戸の水に浸されなければ、ルポルタージュは文学にならない。たしかに『苦海浄土』にはルポルタージュの一面があるけれど、しかしこれはすべて作者・石牟礼道子の胎内をくぐって、変容と変質を経て彼女の「もの」となり、「かたる」過程を経てこの世に再生した、「ものがたり」である。渡辺京二はこれは彼女の私小説だと言っている（石牟礼道子ほか『不知火——石牟礼道子のコスモロジー』藤原書店）。浄瑠璃であり、私小説であり、ひとりがたりである。

昔、昭和三十年代の末だったと思うが、ぼくは作者のひとりがたりをテレビで見たことがある。記憶にまちがいがあったら許していただきたいが、マスコミQという先進的な番組に彼女が登場した。スタジオに椅子が一つあり、その正面にカメラが一台ある。それだけ。台本なし。演出なし。テレビのフレームは椅子に坐《すわ》って水俣のことを語る彼女をただ映すだけ。悲惨なことを語り、言いよどみ、しばらく必死で言葉を探して、また語る。力を尽くして語っていることが伝わる。正しい言葉を探す努力そのものを視聴者は嫌でも共有させられる。手に汗を握る。テレビというメディアにこれほど動かされたことは後にも先にも一度もなかった。

書物としての『苦海浄土』もまったく同じ原理で生まれた。だから読者はこの作品に憑かれる、とぼくは言うのだ。語られる内容に、悲惨と幸福と欺瞞と闘争のあまりのスケールに驚く一方で、作者がそれを語ろうとする不屈の努力に引き込まれる。逃げられなくなる。陣痛の現場に背を向けるわけにはいかない。

語る途中で作者は多くの文書を引用する。患者と家族の会話の部分などは創作に近いものであって引用とは言えない。この人たちに作者は共感を持っているからそれは引用する必要はない。作者の創造的胎内をくぐって生まれたテクストの真実性を疑う読者はいない。しかし、欺瞞の側の文言は、そもそも作者の胎内に入り得ない性格のものなのだから、そのまま引用するしかない。たとえばこの「確約書」という代物――

「私たちが厚生省に、水俣病にかかる紛争処理をお願いするに当たりましては、これをお引受け下さる委員の人選についてはご一任し、解決に至るまでの過程で、委員が当事者双方からよく事情を聞き、また双方の意見を調整しながら論議をつくした上で委員が出して下さる結論には異議なく従うことを確約します」という文書を厚生省は患者たちに要求した。

このあからさまな詐術に呆れない者がいるだろうか。裁定者を立てて対等の立場で協議を始めようという矢先に、どんな結論でも裁定者の結論に従うなどと、そんな約束を前提にした協議にいかなる意味があるか。そのような底の浅いペテンに乗るほど民衆は迂闊《うかつ》だとこの官僚は信じていたのだろうか。血液製剤によるエイズの患者に対する厚生省のふるまいは水俣の時とまったく変わっていなかった。製薬会社のふるまいもチッソと同じだった。だから彼らの性格を語るにはこの文書の引用だけで済む。彼らは同じような災厄の再発を防ぐための科学的研究さえ怠った。化学プラント内で使われる水銀が有機水銀に変わる過程が科学的に解明されたのはやっと二〇〇一年になってから。それも西村肇と岡本達明という在野の研究者の無償の努力によってだった（『水俣病の科学』）。

民衆の中にある悪意はもっとずっと深刻である。制度ではなく人の心の中に潜むものだから、チッソの経営者や厚生省の役人の場合のように理解の埒外として放逐することはできない。生活保護を受ける患者を妬んで密告の手紙を書く者の心の動きをいったいどう扱えばよいのか。

「水俣ヤクショ内ミンセイガカリサマ」に当てた手紙がある。「オオハラ　ミキ」という患者について、（おそらくは）他の患者が書いた密告の手紙。生活保護を与えるにはあたらないからよく調べろという手紙。まずは「オオハラ　ミキ」の子供たちが自活していることを縷々《るる》と述べる。

四女ノムコハ水俣ニテ左官。シナイデハタライテ、オリマス。

五女ハサセボデオオキナショクドヲモッテオリマス。

オカネハ、ツカミドリ。母ニモ、オカネハオクリテヤリマス。

アネハ、サセボデ、マメウリショバイ。オカネハツカミドリ。母ニモオクリテヤリマス。

オカサンハ、オカネノ、フジユハ、ヒトツモアリマセン。


以下、妬みと呪詛の言葉が延々と続く。

他者の幸福を我が不幸と見なすネガティヴな心のふるまいを無視して世界像を描くことはできない。差別を維持し、疎外に手を貸し、戦争を煽る思いは一部の者の中にあるわけではなく、状況によっては誰もがそのような思いを抱き得るのではないか。自分の仲間は例外、自分は例外と言い切れるものではないだろう。患者とその家族はみなとんでもない苦しみを経ることによって聖別された者である。いわば火による浄化の過程をくぐった者である。密告の手紙を書いた患者とて普段ならばそんなふるまいに走ることはなかったのだろう。先祖崇拝と、仏への帰依と、共同体そのものが持っている恒常性維持のからくりによって、とりわけ不満に思うこともなく日々を過ごしていたのだろう。水俣病という目前の大きな災厄が、さまざまな欲を生み、それが叶わなかった時に邪悪な形で噴出する。

人の中に悪を行う用意はある。しかしそれは外的な促しを受けなければ具体化はしない。受けた時に例えば関東大震災の時の朝鮮人虐殺や南京の大虐殺となって現れる。あるいはアウシュヴィッツ、あるいは深夜に密かに書かれる市役所宛の手紙。

いや、悪は制度や状況に潜み、人間の中にはないと、ぼくは言い切れない。南京もアウシュヴィッツも実行者なくしてはあり得なかった。実行者は機械ではなく心と判断力を持った個人であった。南京に比べればこの密告の手紙などかわいいものだ、と言えるのだがと思いつつ、ここで判断を停止せざるを得ないかと考える。

近代という言葉でこれを説明したらどうだろう。水俣や南京、チェルノブイリなどの巨大な災厄は確かに近代化から生まれた。文明とは所詮あまりに物質的な概念であり、それを求めることは人間を自然から引き離し、欲望と空疎な言葉ばかりの、人間とは呼べないような者を生み出した。チッソと厚生省についてはそう言えるかもしれない。そして今や問題は密告の手紙を書くような古典的な小さな悪ではなく、社会そのものの本質になってしまったかのごとき非人間的な制度の悪、グローバリゼーションの悪の方なのだと言ってしまおうか。

制度がチッソを生み、水俣病を生んだ。彼らがあまりに非人間化してしまったから、患者の方は人間として残った。だから、患者は、非人間化した制度側の元人間と自分たちを区別するために、自ら非人を名乗る。つまりここでは人間とそうでないものを分ける基準を逆転させることで患者は非人間の群れから自分たちを救い出している。

水俣では非人は「かんじん」。五木の子守歌にある「おどまかんじんかんじん」のあの言葉である。語源は勧進坊主だろう。寺社への寄進を進める勧進の僧がやがて乞食の代名詞になり、非人をも指すようになった。非人と書いて「かんじん」と読むところに、日本列島における長い差別の歴史を透かし見る思いがする。

制度の側に立つ人々がひたすら患者との対面を避け、制度の中に立てこもろうとするのに対して、患者の方は相手を人間として自分の側に回収しようとするのだ。どうしてそのようなことが可能なのか、人間に希望があるとすればまさにこの一点、制度の壁を越えて、顔もなく名もなき、職名だけの相手の中にも人間を見ようとするおおらかな、彼ら自身が笑うごとくどこか滑稽な姿勢の中にこそあるとぼくには思われる。

チッソの本社に泊まり込んだ日々を思い出して患者たちは、自分らはシオマネキというあの片方の鋏だけが大きな蟹のようだと笑う。そして、「チッソの社員衆が意地悪をしかけるそもそもも、ひょっとすれば似た性のもんゆえじゃありますまいか。先に棲みついたものの気位のために、およおよと泳いできて、ハサミを振りに来なはるとじゃあああるまいか、腕まくりのなんの突出して」と相手との同質性を認める。あるいは「あのような建物の中身に永年思いを懸けて来て、はじめて泊まって明けた朝、身内ばかりじゃなし、チッソの衆の誰彼なしになつかしゅうなったのが不思議じゃった」とまで言う。まるで初夜が明けた後朝《きぬぎぬ》の思いのようだ。

こういう形で患者は絶対の敵であるはずのチッソ幹部を身の内に取り込んでしまう。両者はそれこそ圧倒的な非対称の関係にあって、チッソ側は患者に病気を押しつけ、それを否認し、責任を回避し、補償を値切り、国を味方に付け、正当な要求を強引に突っぱねる。これに対して患者の側はずっと無力だった。

しかしこの非対称を倫理の面で見ると、今度は患者の側がそれこそ圧倒的に強い。彼らにはチッソを赦《ゆる》すという究極の権限がある。決して赦すわけではないが、しかし彼らはこの切り札を持っていることを知っている。その力を恃《たの》むことができる。だからこそ彼らは「チッソのえらか衆にも、永生きしてもらわんば、世の中は、にぎやわん」と晴れやかに笑って言うことができるのだ。この笑いを得てはじめて、この物語を仮にも閉じることが可能になる。

患者たちと支援の人々が、そして石牟礼道子が戦後日本史に与えた影響はとても大きい。崩れて流動する苦界にあって、ここに一つ、揺るがぬ点があった。ぼくたちはこれを基準点としてものを計ることを教えられた。

今も水俣病を生んだ原理は生きている。形を変えて世界中に出没し、多くの災厄を生んでいる。だからこそ、災厄を生き延びて心の剛直を保つ支えである『苦海浄土』三部作の価値は、残念ながらと言うべきなのだろうが、いよいよ高まっているのである。

不知火海の古代と近代

石牟礼道子は一九二七年に天草で生まれた。その時期に家族が天草に行っていたのは仮のことで、本来の家は不知火海を隔てた水俣にあった。生後数か月で道子は家族と共に水俣に戻り、そこで育った。

後に振り返ってみて、これだけの事実にどれほどの幸運な偶然が含まれているだろうか。一九二七年に生まれた彼女は三十歳を過ぎた頃に水俣病に出会っている。充分な筆力を備えると同時に旺盛な行動力のある時期にこの生涯の課題と出会った。また、先行者として高群逸枝、先導者・煽動者として谷川雁、先輩として森崎和江や上野英信を得た。後に協力者として渡辺京二が加わった。そういう歳回りだった。

天草で生まれたことは彼女の人生の初期に記された一つの刻印である。というのも、水俣の漁民たち、水俣病を被ることになる人々の大部分は天草出身であり、彼女の家族にとっても天草は「祖《おや》の島」であるから同胞意識は強かっただろう。祖父松太郎は「おるげは天領天草の様組《さまぐみ》じゃるけん」とその出自を誇りにしていた。

こうして見ると、石牟礼道子ははじめから縁《えにし》によって水俣病に組み込まれていたかのようだ。まるで病気の方が彼女をスポークスパーソンとして用意したかのごとくだ。しかし、そんなことは他の作家ならともかくこの人の場合はほんの些事に過ぎない。『苦海浄土』という大作が書かれ得た最大の条件はそのような現世的なことではない。主題の性格上、この作品には現世的な話題がたくさん盛り込まれているが、それは彼女が自分の資質に抗うものとしてチッソ（当時の名前は新日本窒素肥料株式会社だが、以下現在の名のチッソと記す）に象徴される現世ないし近代を直視せざるを得なかったからだ。

彼女の中にあるいちばん大事なもの、この人の魂である古代的なものが、目の前に立ちはだかる仇敵として水俣病という怪物を見た。古代的な資質を彼女は水俣の漁民たちと共有していた。ゴリアテに会ったダヴィデのように若い女が鉛筆を手にすっくと立った。そういう神話か物語のような構図を当て嵌めてもみたくなる力関係だった。
いや、それも違うか。闘ったのは患者さんであり、じぶんは「つきそい」だったと本人は言うだろう。

　行動の面ではそうだ。しかし記述の面では彼女は決して単なる筆記者ではない。患者のすべての言葉は彼女の中を通過して、玄妙な変化の過程を経て、彼女に託された患者の言葉、という形式に託された石牟礼道子自身の言葉として紙の上に残された。これはルポルタージュ文学であるように見えながらその枠を最初から無視して周囲にあふれ出す文学である。

『苦海浄土』について彼女は「聞き書のふりでやってるんです」と言う。あるいは「水俣病の主人公たちに仮託していた自分の語り」と言う。実際そうでなくてこれほど見事な語りは書き得ない。

　杢太郎少年の爺さまが話す——

　なあ、あねさん。

水俣病は、びんぼ漁師がなる。つまりはその日の米も食いきらん、栄養失調の者どもがなると、世間でいうて、わしゃほんに肩身の狭うござす。

しかし考えてもみてくだっせ。わしのように、一生かかって一本釣の舟一艘、かかひとり、わしゃ、かかひとりを自分のおなごとおもうて――大明神さまとおもうて崇《うやも》うてきて――それから息子がひとりでけて、それに福ののさりのあって、三人の孫にめぐまれて、家はめかかりの通りでござすばって、雨の洩ればあしたすぐ修繕するたくわえの銭は無かが、そのうちにゃ、いずれは修繕しいしして、めかかりの通りに暮らしてきましたばな。坊さまのいわすとおり、上を見らずに暮らしさえすれば、この上の不足のあろうはずもなか。漁師ちゅうもんはこの上なか仕事でござすばい。

というこの見事な言葉の流露がまさか録音機一つで書けたとは思わないでいただきたい。これはすべて石牟礼道子の中から、と言ってまた誤解を生じるならば、石牟礼道子と水俣病の出会いから生まれた言葉である。彼女はこれに似た言葉の片々を漁民たちから聞いただろう。その心の内を聞き取っただろう。しかしそれはすべて彼女を経由して、修辞的加工を経て、彼女自身の声となって出てきたものだ。

『苦海浄土』が熊日文学賞に選ばれた時、彼女はこれを辞退している。その理由を述べたエッセーの中でこんな風に言う――

ものを書くなどということは、本来処世の道とは外れ、度しがたい世界にかかわることだと、わたくしにはおもえる。
まして、余生を生きている命をもって水俣病事件にかかわり、ひとたびは死んだ祖たちやはらからたちを紙の上に生む、産むものにならねばなどと、こいねがうなどとは。

『苦海浄土』を産む！　人々の受苦によって受胎し、苦難を伝える言葉を胎内に育て、産む。

これは比喩ではない。今の時代ならば比喩として受け取られてもしかたがないかもしれないが、しかしこれは古代人としての資質を持つ石牟礼道子にとってはおそらく身体的・生理的な実感なのだ。

この点を理解するために我々はひとまず自分が立っている地平から遊離し、近代というものから一度離れなくてはならない。

なぜ「苦界」ではなく「苦海」なのか？　ぼくはうかつにも漁師たちの話だから石牟礼道子が言葉の縁を求めて「界」を「海」に換えたと思っていた。この本の本文のいちばんはじめのページ、「第一章　椿《つばき》の海」と次の「山中九平少年」の間に挟まれた二行を見落としていた——

繫《つな》がぬ沖の捨小舟

生死の苦海果もなし

弘法大師和讃からの引用である。

（舟の縁語で「苦海」かと思ったらそれも間違いで、仏典の中では最初から「苦海」なのだ。「苦界」の方が謡曲などで使われた世俗の表記らしい。）

すなわち「苦海」と「浄土」という組み合わせは一九五〇年代に始まるものではなく、弘法大師の時代に、あるいはそれよりもずっと前の、いっそ無時間の時代と呼ぶべき遠い懐かしい時に淵源を持つ。これは折口信夫が名篇「妣が国へ・常世へ」で書いたあの時間感覚を以て書かれた物語《モノガタリ》、物《モノ》を語《カタ》る、なのだ。水俣の漁師たちの古代的な時間感覚を近代に属する読者に伝えようと、遠すぎるもの同士を結ぼうと、石牟礼道子は力の限りを尽くした。その苦闘の記録がこの本ではないか。

明治以降、外圧に脅えて人々は一所懸命に近代化を進めた。それが次第に人間を人間ならぬものに変えた。変わらなかった山中九平少年や江津野杢太郎くんや坂上ゆきや並崎仙助老人のまことに人間的な深い受苦の前で、チッソの幹部や厚生官僚、はては政務次官など「ネクタイコンブ」の連中の非人間性があからさまになるのはそのためだ。ここで近代と古代が対峙している。

もともと水俣の漁師たちにとって、海は領有されるものではなかった。今のように強い船の力に任せて他国の沿岸近くまで押し込んで魚を根こそぎ獲る時代ではなかった。不知火海のあの優しい、羊水のような海に舟を浮かべて湧いて出る魚を獲る。「天のくれらすもんを、ただで、わが要ると思うしことって」暮らす。

地図を見れば一目瞭然、不知火海は見事に囲まれた海だ。九州本土と天草諸島の間に挟まれ、数箇所のごく狭い海峡でのみ外海と繋がっている。遠洋のうねりは届かず、荒れることは少なく、稚魚の揺籃の役を果たして、日々魚が湧く海である。行けばそこに魚がいる。漁師が「どっちみち、わしゃ田んぼも畠も持たんとでござすで、海だけが、わが海とおなじようなもんでござすが」と言うのは、つまり不知火海にはいかなる私有権も及ばなかったということだ。農業が土地を畑として私有するところから始まるのに対して、漁業は狩猟における山と同じく海を公有のものと見なすことを前提としている。

そして、公有のものを汚すというのは人間の歴史の最初の頃に根を持つ根源的な罪である。農にしてもかつては呪術的公共性があったから（米は日本ではほとんど信仰の対象だった）、畦を崩して田の水を流す「畦放」と灌漑を妨げる「溝埋」や「樋放」は「天津罪」とされた（「六月晦日大祓祝詞」）。それはつまり社会への犯罪だった。

それがなぜ昭和三十年代にはあれほど簡単に、意図的に、犯されてしまったのだろう？　チッソは自分たちの営利事業が悲惨きわまる死者を毎日のように出していることを承知で、意図して見ぬふりをして、嘘をつき続けた。早くも一九五九年の段階で新日窒附属病院の細川一院長はネコに排水を投与して病気が発生することを確認していたが、工場の責任者は公表を禁止した。ここでアセトアルデヒドの製造を止めていれば、あるいはその方法を変えていれば、以後の患者の発生は防げたはずだ。

チッソのこのふるまいの後ろには国の黙認があった。成長期の日本の化学工業にとって、チッソの水俣工場が生産するアセトアルデヒドは必須の原材料であった。だから、国はチッソに嘘をつかせ、患者の訴えを無視させた。

そして、国の背後には日本国民がいた。戦後日本は民主主義の国家であり、政府は正しい手続きをもって選挙で選ばれたものである。故に日本国民にはあれだけの数の患者を病気に追い込んで殺した責任がある。

確信犯だったのだ。言ってみれば日本の繁栄のために道を造る巨大なブルドーザーの前にたまたま水俣の無垢の漁民たちがいた。運転者は彼らの姿をはっきり目視しながら、停めることなくそのまま進め、人々をキャタピラーの下に押しつぶした。この比喩を書きながらぼくはその凄惨な意味に改めて戦慄する。

数の論理だろうか。昭和四十三年、「水俣病患者の百十一名と水俣市民四万五千とどちらが大事か、という言いまわしが野火のように拡がり、今や大合唱となりつつあった」と石牟礼道子は書く。四万五千ではない、当時の日本国民九千二百万人と患者たち百十一名が対峙していたのだ。

ここでぼくは加害者の数を増すことによって責任を拡散しようとしているのではな

い。そういうすり替えで責任が拡散されるという論法を否定したいのだ。なぜ「公害」なのだろう？　私企業の営利事業で私人としての患者が発生する。どちらも私的なことであり、範囲が広いという以外なんら公的な性格を持たない現象ではないか。それを公的なものにしてしまったのは国の不介入ないし黙認ではなかったか。

　言い換えれば、当時二十三歳だったぼくがプラスチック製品を買うことによって患者を殺したのだ、それと知らぬまま（知らなかったから罪はなかった、という論法の矛盾は本全集（『池澤夏樹＝個人編集　世界文学全集』）のうち『存在の耐えられない軽さ』の主人公トマシュによって論証されている。トマシュはこの結論の撤回を拒んで、チェコで最も優秀な外科医なのに病院から追われた）。

なぜ石牟礼道子に『苦海浄土』が書けたのだろう？

日本に社会的不正は多く、たった今の沖縄を見ればわかるとおり大規模な受苦は珍しくないのに、なぜひとり水俣がこれほどの文学を生み得たか。

　不幸を書くには人は幸福を知らなければならない。そうでないと何が失われたかがわからない。

石牟礼道子は水俣に住む人々の幸福を知っていた。充分に知っていた。それが無残に失われたという事実が彼女を背後から押した。自ら患者の声の聞き手になり、居るべき場に必ず立ち会う証人・目撃者になり、東京丸の内までも共に行く患者の「つきそい」を務め、その見聞のすべてを自分の魂の内に引き込み、玄妙な変成作用を経た成果を書き記した。

水俣の幸福がいかなるものであったかを知るためにひとまず『苦海浄土』を離れて『椿の海の記』を見てみよう。

不知火《しらぬひ》という美しい言葉がある。広辞苑によれば、「(景行天皇が海路火の国《肥前・肥後》に熊襲《くまそ》を征伐した時、暗夜に多くの火が海上に現われ、無事に船を岸につけたが、何人《なんぴと》の火とも知られなかったという) 九州の八代海《やつしろかい》に、旧暦七月末頃の夜に見える無数の火影」である。この先に科学的な説明があるがそれはこの際不要。

不知火海はこういう不思議な来歴を持つ海であり、この海が石牟礼道子の作品すべての背景だ。すべての文章の後ろにこの海が見えている(彼女の全集そのものが「不知火」と名付けられている)。そして、その周辺に散る地名の品のよさ——御所ノ浦、大崎ケ鼻《うさぎはな》、ナガオトシ、湯ノ児《ゆこ》、更には茂道、袋、湯堂、出月、月ノ浦、百間、恋路《こき》島、とんとん村、大廻《うまわ》りの塘《とも》など、いかにも時間の奥行きと由緒のありそうな地名。数千年に亘る人々の営みを体した地名。この人の書く文章はいつも地名にまみれている。

『椿の海の記』は作者四歳の時の回想という形を取る。わずか四歳の時のことをどれほど記憶しているか、と訝しみながらこの童女に手を引かれて昭和初期の水俣に行けば、そこには息苦しいほど濃密な世界が広がっている。四歳というのは古代的な無時間の世界に入ってゆくための合い言葉であったことがわかる。

まず、そこでは数字というものがあっさり追放される。幼い娘を相手に酔った父親が数字を教える。九十九万九千九百九十九の次は、百万。そう知って、「数というものは無限にあって、ごはんを食べる間も、寝ている間もどんどんふえて、喧嘩が済んでも、雨が降っても雪が降っても、祭がなくなっても、じぶんが死んでも、ずうっとおしまいになるということはないのではあるまいか」と考え、娘は恐くなる。「以後は二ケタ以上の数を足したりひいたり、かけたり割ったりすることにも拒絶反応が起きてきて、はては数字そのものを目にするやおのずと消去作用がはたらくようになってきた」という。数字の否定はそのまま近代の否定だ。

（ぼくは同じくらいの歳ごろ、大人から「百九の次は？」と聞かれて「二百」と答えたのを覚えている。この簡明な数学を捨てて正しい方を学んだために実は人生においてずいぶん多くを失ったのかもしれない。）

四歳の世界はもっぱら幼い自分と老人たちから成っている。家族をいうなら、本人はみっちん、父は亀太郎、母は春乃、弟が一《はじめ》で、この人は三十を過ぎて汽車に轢かれて死んだ。叔母がはつの、母方の祖父が松太郎、その正妻がおもかさま、権妻《ごんさい》がおきやさま。

みっちんといちばん太い心の絆で結ばれているのはおもかさまだ。この人は狂女である。神経を病んでいるというので人々は「神経殿《しんけいどん》」と呼ぶ（それに対して常人は「正気人」と呼ばれる）。

その祖母のおもかさまは、いつも、

「しんけいどーん」

と子どもたちから、町や村の辻々で囃《はや》し立てられ、石のつぶてが、彼女をめがけて飛んできたりした。彼女は自分の影のようなちいさな孫娘のわたしをうしろに伴っていたり、あるときは、ちいさなわたしの曳いている影が、そのような祖母の姿でもあった。おもかさまは、自分ではもうけして櫛目を入れなくなっている白髪を、盲《めし》いた顔の前や背中に垂らしていた。着せても着せても引き裂いてしまう着物を藻のようにぞろ曳き、青竹の杖で、覚つかない足元を探りながら歩いてゆくのだが、ときどきその杖をふりあげては天を指し、首かたむけて何事かを聴いているが、盲《めし》いたまなこに遠い空の鳥を見ているように、よろめいてゆくのだった。

左の足は繊《ほそ》くてしなやかだった。右の足はでこぼこの象皮病にかかって異常に肥大していた。いつもはだしで漂浪《され》くので、しょっちゅう生爪をはぎ、彼女がたたずんでいたあとの地面が、黒々と血を吸って、こすれたような指の筋を曳いていることがよくあった。

おもかさまは時に水俣の繁華街の店の前で「おめく」。大声で誰かを、何ごとかを、なじる。一緒にいる孫娘はいたたまれない思いになる。凄惨で痛ましい光景かもしれない。だがそう思った時に読み手はこの光景を心外に押し出そうとはしていないか。無意識に自動的にそうするシステムを自分の心に組み込んではいないか。ならばそれは解除しなければならない。

おもかさまはみっちんの世界の中心に立っている。二人はいつも一緒にいて、幼いことと老いて狂ったことを互いに補完し合っている。無敵の二人。雪の中に二人立つ姿は後の傑作『あやとりの記』にも現れる。

二人の目の前に世界は、水俣の繁華街の最も卑俗にして人間的な領分から山の中の霊に満ちた異界まで、両手をいかに伸ばしても届かないほどの幅に広がっている。そして、長じて石牟礼道子となったみっちんにとって、水俣病の患者たちはおもかさまと同じ地平に立っている。

人間界の側で言えば、この幼い子は「末広」という女郎屋に強く惹かれている。その美女たちが男どもに及ぼす神話的な性の力を正しく観察している。だからこそある日、身の回りの品を風呂敷に包み、「末広に、いんばいになりにゆく」と母親に向かって宣言したのだろう。あるいは親たちの留守に精一杯の盛装をして、自分で髪を結い帯も結んで化粧をして絵日傘までさして、栄町の通りで一人おいらん道中の実行に及ぶ。四歳である。

こういうふるまいの先に、十六歳の人気女郎ぽんたが中学五年生の少年に刺殺されるという猟奇的な事件の報告があり、女郎たちに慕われていた髪結いの沢元さんの出奔失敗という痛ましい出来事もある。巷に向かう幼い少女の視線はまことに鋭利だ。

その一方、みっちんはモノの棲む海と山にも通じていた――

梅雨の雨が霧のようにしぶく山中だとて、子どもたちはいとわない。山の木の実のさまざまというものは、それほど小さなものたちの魂をよび寄せる。サセッポの実や、くゎくゎらの実や、野葡萄の実などというものが「山のあのひとたち」つまり猿たちや狸や狐や、山童たちをも呼び寄せるように。

「山に成るものは、山のあのひとたちのもんじゃけん、もらいにいたても、悠々とこさぎ取ってしもうてはならん。カラス女《じょ》の、兎女《うさぎじょ》の、狐女《きつねじょ》のちゅうひとたちのもんじゃるけん、ひかえて、もろうて来《け》」

おもかさまがささやくように、いつもそういう。

ともかく山にも海にもものがたくさんいるのだ。あまり引用が多くなることを気にしながらも、それでもおもしろさと文体の魅力に抗することができない。そう言い訳しながらもう少しだけ――

舟津の先の川口の村は、いまのわたしが住んでいるとんとん村で、この村は秋葉山の山神さまをはじめ、山と名がつかなくとも小高いところでさえあれば山神さまを祀っていた。山神さまとは山の主《ぬし》で、年取った猿であったりおろちであったりしたが、このひとたちのことを総称して山童《やまわろ》の変化したものだとも思われていた。村々はさまざまの井戸の神や、荒神さま方につかえ、山童たちや川太郎《かわたろう》たちの世界でもあったから、大廻りの塘の界隈は、人の通る道というよりも、むしろこれらの土俗神たちや、夜になるとチチ、チチと鈴のような声で鳴いて通る船霊さんの往来がにぎやかであった。

さまざまなものがぞろぞろと湧いて出てひしめき合う世界にあっては、四歳の少女の心からも無数の思いが限りなく溢れ出す。また周囲を満たす無限の愛の霊気を吸い込む。心の中と外をプネウマが行き来する。

この溢れる豊饒感は古代のアニミズムの世界に通じる回路であり、水俣の水辺や山裾に住む人々が共有していたものだ。それはそれなりに一つの人間的な現実だった。だから、そこで誰もが善意というはずはなく、当然ながら邪意や嫉妬や暴力もたっぷりとあった、しかし幸福だった世界。

それが失われたところから『苦海浄土』が始まる。心の中に『椿の海の記』を秘めて育った若い女が、その時々の思いは詩や短歌や小品で表現していたのが、三十代になって自分の周囲の異変に気づく。そこにおいて、これを書くという意思が生じる。

この時、石牟礼道子は少々ものを書く一介の主婦であった。代用教員の体験があり、社会に関心があって谷川雁が主宰する雑誌「サークル村」に加わり、共産党に一瞬だけ入党してすぐに身を引く。しかし日常は教員の妻であり、十歳ほどの息子を育てる母である。だが彼女は力を秘めていた。そして水俣の漁民たちの異常を知って、それを書こうという衝動に身を任せた。

水俣の方言で育った彼女はこの言葉に組み込まれた精妙な敬語のシステムを自由に駆使することができるだけでなく、詩や短歌で磨いた韻文の技法を磨きあげており、更に見聞のすべてを心で消化して新たに産み直す散文の力も備えていた。まるで一人で奏でるオーケストラだ。

先に引用したところでわかるように、この人にあって方言は大事だ。それでなくして彼の地に住む人々の思いは伝わらない。また、水俣方言にまつわる柔らかな敬語表現は彼らと周囲の、必ずしも人とはかぎらない存在たちとの相互敬愛の関係を語るのに欠かせない道具である。彼女が人の言葉に対してとてもよい耳を持っていたと上野英信の息子上野朱《あかし》が書いている。筑豊の彼らの家を訪れた時、駅からの途中で耳にした筑豊方言の会話をそっくり再現して聞かせたという。

それを書き記す文章の技術のことを言えば、水俣方言は耳で聞いたのでは他郷の者にはわからないだろう。それでなくとも日常の会話は第三者には聞き取りにくいものだ。それを石牟礼道子は前後に少し言葉を補い、漢字とルビを巧妙につかって意味と響きの両方を伝える。一例として「漂浪《され》く」を挙げれば充分か。

一九六〇年、現行の『苦海浄土』第三章「ゆき女きき書」の第一稿が「サークル村」に発表される。

まずは病院に収容された患者の姿、三十七号患者坂上ゆき大正三年生まれや第八十二号患者釜鶴松明治三十六年生まれの姿。「この日はことにわたくしは自分が人間であることの嫌悪感に、耐えがたかった。釜鶴松のかなしげな山羊のような、魚のような瞳と流木じみた姿態と、決して往生できない魂魄は、この日から全部わたくしの中に移り住んだ」と彼女は少し気負って書く。

視覚的な描写の伎倆《ぎりよう》は一様でない。今見る第一章「山中九平少年」において、一九六三年、湯堂部落の遠景から始まって、ここの雰囲気を記述しながらゆっくりと目的の家に近づき、庭先で不思議なふるまいをする少年の姿を写して読者の心を摑んでから、十三ページ先で彼の口から「殺さるるもね」という決定的な言葉を引き出すまで、事態のすべてを患者の側から伝えようとする筆の運びは間然するところがない。最初の「ゆき女きき書」から五年後のことだ。

そのすぐ次には細川一医学博士の医学的な報告をその硬質の文体のままそっくり引用する。

山中九平少年の姉四十四号患者山中さつきについての母の証言――「おとっつぁんが往かしても、さつきさえ生きとれば、おなご親方で、この家はぎんぎんしとりましたて」。

こんな風に導かれて読者は踏み心地の異なるいくつもの文体をもって敷かれた水俣病への道を歩み始める。

結局のところ、『苦海浄土』を読むというのは、病気と会社・社会に否応なく突き動かされる患者たちの蹣跚《まんさん》たる足取りを石牟礼道子が一歩遅れて辿り、その歩みをまた読者が追う一種の巡礼行なのではないか。途中には多くの悲惨があり、哀傷があり、憤怒がある（例えば厚生政務次官橋本龍太郎の暴言など）。その途中で唐突に田上義春の蜜蜂談義が悠々と繰り広げられるあたり、この旅人はしばしば激しい情動に背を押されながらも決して先を急がない。先が長いことは最初の段階でもうわかった。大事なのは最後まで見届けることだから急ぎはしない。「病んでみろ、病み切れんぞこの病《びょう》は。一生かかっても、二生かかっても」と患者が言うのだ。その言葉のとおり、終焉は発病以来五十六年たった二〇一〇年の今も到来していない。

あの田上義春の愉快な蜜蜂について言えば、あれは形を変えた漁業論だ。自然に合わせる営みという点ではこれも狩猟採集経済の一つであり、人間が主役ではないと悟らなければできないもの。そこに「なんしろ、おなごばっかりの集団ですけんな。することなすことがぜんぶその、小愛《こや》らしかですもん」という愛情が加わる。

近代の側が用意した数字直結の論理と漁民たちの古代的な心情の間をつなぐ回路はない。会社と患者の間を繋ぐ回路が二本あって、一方は県や国や司法やマスコミであり、もう一方は石牟礼道子だった。彼女には会社の論理がかろうじて理解できる。理解できるから憤る。それは患者にはとても説明しようのないものだから。

しかし患者の心情は普通の日本人には理解できるのではないか。自分の文章を読む普通の人々には理解できるはずではないか。日本人の心の中に古代的なる心性がまだあって、そこに訴えることは会社・社会を動かしはしなくても少なくとも患者に対する侮蔑を和らげ、真実の一片なりとも伝えることに繋がりはしないか。そこに希望はないか。これが『苦海浄土』執筆の根本の動機である。

彼女が患者の苦しみを長くしつこく書き続け、会社・社会が欺瞞の言葉を連ねるうちに、不思議なことが起こった。患者の方が次第に会社・社会を己が内に取り込み始めたのだ。これは驚くべきことである。

「チッソの病いを替って病んでやっているので、患者たちはそんな風に言った。当の相手を前にして、患者たちは、本能的な羞かしさを感じていた。無恥なるものに対して。――お前たちが病まんけん、俺たちが病むとぞ」なんという論法だろう。この場合、チッソはそのまま日本だ。

水俣に始まり、生涯、熊本さえ訪れる機会のなかったはずの漁民たちが患者代表川本輝夫に率いられ「非人《かんじん》」となって東京へ行く。天子さまの都に上る。東京駅の前に坐り込み、最後はチッソの社長室に至る。巡礼行は実は出世双六であったという笑うべき展開。あまりの悲惨に『苦海浄土』はしばしば滑稽になる。笑うしかないという事態に行き当たる。

水俣でまず病気で身体の自由を奪われ、生計の途である海を奪われ、このチッソ城下町の市民たちからつまはじきにされ、差別され、補償金で妬まれ、身の置きどころがなくなったあげくの、「いくら考えてもゆくとこはなか。いまから先はもう、チッソ本社にお世話になりにゆこ。もうあそこしかなか。自分ひとりじゃなか、家族もぜんぶ」という選択はあるいは仏教にいう縁の究極の表現かもしれない。弘法大師が誘《いざな》ってくれる道かもしれない。

双六だとすれば、この上がりの場面は明らかにコメディーである。会社の側が厚生官僚や警察や裁判所を城壁ともし濠ともして防いでいた本丸に患者が入ってしまった。しかも攻め込んだ側には攻めたつもりもなく、むしろ保護を求めてきたと言う。彼らは社員やら重役やらという見慣れない相手を、ちょうど海の生き物を見るような目で観察する。驚くべき共感能力。

つまり『苦海浄土』はこういう本である。

実を言えばこの小文を書きながら、この作品の魅力をいかに伝えようかと自分なりに苦心し、普通のこの種の文章で許される範囲を超えて引用を繰り返し、すごい本だと声をからして（おもかさまよろしく）「おめき」続けた。

解説としては破格かもしれない。だが、小声で言い訳をすれば『苦海浄土』はそのように読む者に憑くのだ。それを存分に体験していただきたい。

水俣の闇と光

今さら言うまでもないが、石牟礼道子の『苦海浄土』は水俣病という大きな不幸の物語である。

一九五〇年代の後半から熊本県水俣市で発生した「奇病」と、それに苦しむ患者たちの姿、原因究明にまつわる欺瞞の数々、行政の非力ないし無責任、元凶であるチッソという会社の厚顔無恥……などなど悲しくも腹立たしい、また情けない話題に満ちている。情けないと言うのは、当時の日本国民の一人一人にあの惨状の責任があるとぼくが考えるからだ。もちろんぼく自身も含めて。

しかし、それと同時に、あるいは並行して、これはかつて水俣にあった幸福感の物語でもあるのだ。その点でこの作品は凡百の公害がらみのノンフィクションの類を圧倒して、人間の深みに届くルポルタージュ文学になっている。

かつて水俣が古代的な（というのは近代の毒に犯されないままの、という意味だが）幸福の地であったことを知るには同じ著者による『椿の海の記』という本を読むのがいい。幼年時代の「みっちん」のふくふくと幸せなようすが、豊饒な自然や巷の賑やかな話題と共に記されている。

『苦海浄土』のところどころに巧妙に配置された幸福感は今は失われたもの、過去の残照でしかないが、それでも充分に眩《まぶ》しい。その光が眩しいからこそ、すぐ隣にある不幸の闇が黒々と際立つのだ。

では、残照でしかない幸福感がどんなものか、実例をもって示そう。話者の声の響きを耳で掬うようにしてゆっくり読んでいただきたい。予め知っておくべき方言は「もぞかしい」すなわち「かわいい」だけで済むはずだ――

舟の上はほんによかった。

イカ奴《め》は素っ気のうて、揚げるとすぐにぷうぷう墨《すみ》をふきかけよるばってん、あのタコは、タコ奴《め》はほんにもぞかとばい。

壺ば揚ぐるでしょうが。足ばちゃんと壺の底に踏んばって上目使うて、いつまでも出てこん。こら、おまや舟にあがったら出ておるもんじゃ、早う出てけえ。出てこんかい、ちゅうてもなかなか出てこん。壺の底をかんかん叩いても駄々こねて。仕方なしに手網《たび》の柄で尻をかかえてやると、出たが最後、その逃げ足の早さ早さ、ようも八本足のもつれもせずに良う交して、つうつう走りよる。こっちも舟がひっくり返るくらいに追っかけて、やっと籠におさめてまた舟をやりおる。また籠を出てきよって籠の屋根にかしこまって坐っとる。こら、おまやもううち家《げ》の舟にあがってからはうち家の者じゃけん、ちゃあんと入っとれちゅうと、よそむくような目つきして、すねてあまえるとじゃけん。

わが食う魚《いお》にも海のものには煩悩のわく。あのころはほんによかった。

舟ももう、売ってしもうた。

方言の魅力を存分に生かしたこの話法を誰がここまで鮮やかに書き記しただろう。こういう人たちのいる浜であったのだ、水俣は。あるいは、石牟礼道子はそれほどの耳と筆の持ち主であったということだろう。この最後の「舟ももう、売ってしもうた」の余韻こそ読む者の耳の底に残らなければならない。

あの病気について、あの「社会現象」について、口惜しさは限りない。かかる幸福の地をなぜ無残に壊したか。その原理はいったいどこから来たか。近代というのはことどうしようもない時代であり、我々はその延長たる現代に生きている。今から先がもっと暗いのはしかたがない。

急いで付け加えれば、古代的な水俣に不幸なことが何もなかったというわけではない。十六歳の人気女郎を思い詰めた中学生が刺殺したなどという事件は（『椿の海の記』にあるエピソード）、それを四歳の童女が目の当たりに見たということは、一つの悲劇に違いない。三百年前なら近松が浄瑠璃に書いたような話だ。

だが、その中学生は殺した相手のぽんたという幼い女郎をよく知っていた。知っていたからこそ殺すことになってしまった。チッソの幹部も、厚生省の官僚なかんずく厚生事務次官橋本龍太郎も、県など行政の上の方の官吏たちも、水俣の漁民の顔を知らなかった。知ろうとはしなかった。目をそむけ、顔を見ようとしなかった。だから産業の名において殺すことができた。

近代以降の世界では人は互いの顔を知らぬまま殺すのだ。銃と砲は、ヒロシマとナガサキの原爆は、ゲルニカと重慶と日本各地への戦略爆撃は、今の巡航ミサイルは、地球の裏側から操縦される無人爆撃機は……これらはみな殺す相手の顔を見ずに殺せるから効率がよいとされる。担当者に余計な良心の呵責を感じさせないで済むから。

いったい何のため誰のための効率なのだろう?

「水俣病」という命名がいっそ腹立たしい(と、思わず浄瑠璃口調になっているか)。あの病気、後になって考えれば最もふさわしい名はチッソ病であった。あるいはパーキンソン病や川崎病の例にならえば、病像を明らかにした医師の名を取って細川病とすることもできた。水俣という地名を冠することはなかった。

水俣、語源は二つの川(水俣川と湯出川)が合わさるところであるという。ぼくは自分の郷里、帯広のことを思い出した。帯広の語源はアイヌ語で「川尻が幾つにも裂けている所」という意味である。どちらも地形に由来する由緒正しい命名だ。

この美しい地名をあろうことか病気の名に流用したことに市民は怒るべきである。読んでいてついついそういう義憤に駆られることの多い作品なのだが、すぐにまた自分は憤慨できる立場であるかと反省する。義憤の義の字はむやみに人を巻き込むから気を付けた方がいい。

社会性の強い作品である。石牟礼道子は「第三部　天の魚」に見るように、患者である川本輝夫に率いられた患者たちに付き添って正月の東京に行き、最後はチッソの社長室まで行くのだ。このような行動力によって彼女は最初の段階からいわば患者の側に立つ当事者資格を得ている。

それでも一心同体ではない。「桜田門にむかってたゆとう濠にそった、ゆるやかな坂のはしっこの方を、彼らは一列になって車を除《よ》けながら歩いていた。わたしもその中の一人だった」と書く時、作者は観察ができるよう患者との間に一定の距離を置いている。

執筆の姿勢においてまこと周到なのだ。

この小説には三つの文体が用いられている。第一は作者とおぼしき「わたくし」の視点からの記述と描写、第二は患者やその家族の一人語り、第三は医師の報告書や官僚の作文などの直接の引用。第一と第二はしばしば融け合うが、第三は決して他と混じらない。今の社会を動かしているのはもっぱら第三の文体である。それが近代というものだから。

第二の文体について、患者の言葉を作者がそのまま記したとは考えない方がいい。そんな簡単なことではない。先のタコの話を丁寧に読めばわかるが、この言文一致体は実に巧妙に構築されたものだ。芝居の台詞を役者の本音と思うような短絡的な受け取りかたをしてはいけない。陰で喋らせているのは座付き作者である。

多少の文才のある主婦が奇病という社会現象に出会い、憤然として走り回って書いたノンフィクション、などという軽薄な読みかたをするのなら最初から読まない方がいい。まずもってこれは観察と、共感と、思索と、表現のすべての面に秀でた、それ以上に想像と夢見る力に溢れた、一個の天才による傑作である。読むたびにどうしてこんなものが書き得たのかと呆然とするような作品である。

今、ぼくはいささか特権的な立場にいる。

石牟礼さんに会うことができる。

先日この耳で聞いた幼時の水俣の幸福感を紹介しよう——

学校帰りに海にいきますと、渚で、岩に付いている小さな巻き貝がおりまして。貝たちがいつも遊んでいるんですけど、人の足音を聞いてころんころんと落ちて逃げるんですね。ぜんぶ落ちてしまって、下を見れば数え切れないほどうずくまっているんです。

耳を澄ますと砂浜いっぱいそういうものたちの呼吸の音がみしみしと聞こえまして。海そのものやそこの生物たちと自分が呼吸を合わせている感じがとても幸福で……。ずうっと葦が生えていますでしょう。その葦の葉にハゼが乗って遊んでいて、葦の葉は風に吹かれて揺られて……ハゼの大きな目玉はお日さまの方を向いてきらきら虹のように光ってて。

下にいるハゼたちは葦の葉っぱを目指して跳びあがりますんですよ。でも重みですると落ちたりして。でもうまーく乗れることがあるんですよ。ずっとしゃがんで観察していると応援したくなって、それそれって言って、乗れるとああよかったねとほっとしますんです。

やがて夕方になって潮が満ちてきますとね、ハゼたちはみな沖の天草の方を向いて、沈む夕日を見物するんです。そしてぽちゃんぽちゃんと波の中に帰ってゆくんですね。あれはハゼたちはどんな気持ちかしらと思っておりましたね。

明るくて元気で楽しそう

食べるものについての随筆、と言っても何の説明にもなるまい。そんな本は世の中にたくさんある。しかしこの『食べごしらえ　おままごと』と比べたらたいていの類書は薄っぺらに見えるだろう。話の広さと奥行きがぜんぜん違う。なぜなら、この本の食べ物の話の背後には暮らしがあり、故郷があり、畑だけでなく海と山まで控えているから。

たくさんの人たちが登場する。なんでこの人たちはこんなに明るくて元気で楽しそうなのだろうと不思議に思う。昔のこととはわかっていても、こんな時代、こんな場所が本当にあったのだろうかと疑うけれど、でもどこにも嘘はない。そう納得させるのは文章の力だ。

料理や食道楽の本を読む時は誰もが自分の体験と重ねて読む。おいしいものについて食べた覚えがあればそれを思い出し、なければ食べてみたいと欲望を募らせる。作ったことがあったら自分の作りかたとそこに書いてあるやりかたの違いを考える。その日の晩にも試そうと思ったりする。

たとえばキビナゴの尾引きのこと。

あの小さなきらきらした魚の頭をとり、ワタを抜き、そのつけ根から骨にそって尾の方へ、指でさきおろす、と書いてある。包丁は使わない。

小さい魚ながらに一匹ずつひらきの形で刺身になる。大きな皿に美しく並んださまが目に浮かぶ。

その尾引きを、細い小さな指で見よう見まねでするのが五つになったばかりの幼い女の子だ。

普段のことではない。人々がたくさん集まっているなかで、この子は正月着に正装して、生まれて初めての襷《たすき》をかけてもらい、手始めにとんでもなく大きなお釜で米をとぐのを手伝う。三升炊きというから何十人分もの飯を炊くわけで、その釜に頭から落っこちそうになるのを大人に支えられて、小さな手で米と水をかきまぜる。その指のかわいらしいこと、「あら、お雛さまかと思うたら、道子の手かえ」という声が耳をくすぐるようだ。

米をといだ後は、大人がキビナゴを捌いているのを見て、十四ほどわけてもらって尾引きに挑戦する。

ここのところを読んでぼくが思い出すのは、まずはこれまでに食べたキビナゴの刺身の味。見た目のすがすがしさと、酢味噌に絡めた時のあの食感だ。キビナゴを餌にしてクチナジやビタローを釣った沖縄の愉快な釣りの体験もあった。

その後で、尾引きという言葉を知らぬまま同じことを自分でやった記憶が、ああ、あの指の使いかたかと、よみがえる。ぼくの場合は鰯だった。新鮮な小振りの鰯がたくさん手に入って、いちばんいい食べかたは摘み入れ汁と決めた。

包丁で鰯の頭を落とす。指でワタを抜き、身と中骨の間に親指の先を入れて、爪の力でぐいぐい尾の方へ押してゆく。そうやって身と骨を分ける。尾まで行ったらひっくり返して同じことをする。ひらきの形になったところで、毛抜きでざっと小骨を取る。それから皮を剝ぐ。身だけにしてから再び包丁を取ってなるべく細かく刻む。この段階で食べれば鰯のたたきだが今回は摘み入れ。刻んだ鰯におろし生姜とつなぎに少量の小麦粉を加えてざっと混ぜる。すり鉢は使わない。野菜を入れて作った汁に団子に丸めた鰯を一つまた一つと落として、火が通って浮いてきたらできあがり。

尾引きという言葉を教えてもらってこれだけ思い出した。でも、尾引きの指の使いかたなんかこの本のほんの一行でしかない。だいたいこれはいわゆるレシピ本ではない。写真に少しは説明があるが、作りかたが懇切に書いてあるわけではない。

これはおいしさ以上に楽しさの本だ。すべての料理がにぎやかで愉快な場面の中に仕込まれている。そういう形の思い出に仕立ててある。

たくさんの人が集まって、みんな忙しく立ち働いて、御馳走をたくさん用意する。たとえ一人で作っていても食べる時は一人ではないし家族だけでもない。近所や親類や知り合いの人たちに配る分までたっぷり作る。食べる人たちの顔を思い描きながら作るから楽しい。身体を動かすことが苦労ではないのだ。

この本には珍奇な料理の味を凝った言い回しで伝えようという姿勢はない。食道楽の本ではないのだ。食べ物はそれだけで孤立しているのではなく、暮らしの空気に包まれてある。暮らしはたくさんの人とつながっている。食べ物を通じて人から人へと伝わってゆくものがある。

食べ物の素材も自分たちの手で用意するものが多い。お金で買うものではないからそれだけ手が掛かっていて心がこもる。「砂糖と塩だけは買ったが、自分で植えて刈り上げた米、自分で播きつけ皆さんに仕納《しのう》してもらった麦を、ごりごりと石臼でひいていた。莢《さや》をたたいて幾日も干しあげた空豆や小豆を餡に漉《こ》して練りあげて、餅や団子をつくりあげ、いそいそと大山盛りの重箱二段ずつ、よそさまにも配り歩いていた母の額の汗や髪のぐあい、目つき腰つき、指の動きが目に浮かぶ」というくだりを読んで、かつて人がどんな風に食べるものを作っていたかようやくわかった気がする。

こういう母が居なくなった。石牟礼さんの御母堂のハルノさんが亡くなっただけではなく、このように働く母が日本中から居なくなった。苦労と喜びを一体にして親戚や近所と分かち持つ世間がなくなった。

父上、白石亀太郎さんのような男ももう居ない。

この人は、今風に言えば、かぎりなくかっこいい。

「貧乏、ということは、気位が高い人間のことだと思いこんでいたのは、父をみて育ったからだと、わたしは思っている」って、そんなことを娘に言って貰える父親が今どきどこに居るだろうか。

この人が自分の前に現れて、「ようござりやすか。儂《わし》ゃあ、天領、天領天草の、ただの水呑み百姓の伜、位も肩書もなか、ただの水呑み百姓の伜で、白石亀太郎という男でござりやす」と言われたら、それはもうはーっと頭を下げるしかない。いや、一度でいいからそういう人の前にまかり出てみたかった、と思う。

及ばずながらあやかりたいと思ったから亀太郎さんに習ったつもりで「ぶえんずし」を試みた。

まずまずの鯖を入手して、頭とワタは魚屋に取ってもらい、包丁を研いで三枚に下ろした。「ヒマ人ではなかったが、念者で、手間ひまかけるのが好きだった」というところをせいぜいなぞる。

亀太郎さんの言葉のとおり、塩をフライパンで焼いた。それを鯖の上に厚く振り、半日ほど置いてから洗い落として水気を拭き取る。少し味醂を加えた酢と昆布で〆める。一方で飯を炊き、細かく刻んだ人参や干し椎茸、蒟蒻などの具を煮る。ほどよく酢の染みた鯖を薄くそぎ切りにして、具を混ぜ込んだ酢飯に和え、上に錦糸玉子や細葱のみじん切りなどを飾る。「天草の男衆たち」には遠く及ばないのだろうが、まあおいしくできた、と言っておこうか。

この本を読みながら、ぼくは世界のあちこちで食べてきたうまいもののことを考えた。

いわゆる高級料理店とは違う。コストをかけておいしさを演出する店ではない。ギリシャならば腕のいい主婦が朝のうちに中央市場まで行って整えた食材を使って一日がかりで作ったもてなしの料理の数々。

メキシコでは安いホテルの朝食に出てくる「ウエボス・ランチェーロス（玉子の牧場風）」という簡単な一品。あるいは先住民優先という不思議な経営方針のホテルで、時間を決めて供される夕食の、大きなテーブルに並ぶ鉢に盛られた料理いろいろ。お客は自分が食べる分だけ取り分ける。

イラクならば長距離トラックの運転手たちが利用する街道沿いのドライブインの豪勢な昼食。黙っていても目の前に並べられる前菜が、レンズ豆のスープ、胡瓜とトマトを細かく刻んだサラダ、マカロニのサラダ二種（ドレッシングがヨーグルト系とトマト系）、ヒヨコ豆のサラダ、ゴマのペースト、茄子などの野菜とにんにくの炒め物。それにホブスと呼ばれる薄い丸いパンが食べたい放題。その後で選ぶ主菜は――茄子や豆やポテトのトマト煮とか、ロースト・チキンの半身とか、トマト味の羊のシチューとか。

タイの田舎の村の食堂の朝飯。蒸しただけの鶏にちょっと辛いソースが添えてあって、それとご飯。飾りのように胡瓜が三切れ乗っているのだが、この胡瓜さえ味が濃くて匂いが立ってうまい。本当を言えば、世界の至るところでひどいものもたくさん食べたのだが、幸いなことにそちらはきれいに忘れている。

ここに思い出したようなうまいものと、この『食べごしらえ　おままごと』にあるおいしいものには共通点がある。お皿の向こうに人間の顔が見えているのだ。それを作った人の手の動きが見え、そのすぐ先に畑が見え、そこを耕して種を蒔く人の姿まで見える。それに魚が湧いて出る気前のいい海や、庭先を走り回っている鶏たち。

そういうもののぜんたいが「今は失われた」というベールをかぶっている。みんなもうないのだ。ハルノさんや亀太郎さんが居ないように、行事に応じて集まった人々は誰もいなくなってしまったし、素材も何か嘘くさいものに置き換わってしまった。

「この頃青ジソのことを大葉というようだが、ビニールにくるまれた貧弱な葉で、すしにはとても使えない」と石牟礼さんは言う。どれもこれも工業化された代替品。おいしいものはみんな過去へ逃げてゆく。

先にぼくが挙げた世界あちこちのうまい料理は、考えてみればどれも貧乏な国のものだった。さてさてリッチとはどういうことなのだろうと思いながら、今夜あたりは「田植えの煮染」を試みようかなどと分不相応なことを考えて、イギスが手に入らぬと少し嘆く。その先で、食べてくれるたくさんの人たちがいないと覚って更に深く落胆。十人、二十人の客が集まる場を用意しなければならないが、これぱかりは人品骨柄の問題で、なかなか亀太郎さんやハルノさんになれるものではない。

世界文学の作家としての石牟礼道子

ずっと遠いところにも人が住んでいる。

それを知らないわけではない。

遠くの人たちはぼくたちとは違う言葉を喋り、違うものを食べ、たぶん違う神を信じている。しかし、それでもその人はぼくたちと共通するものをたくさん持っている。違いの部分にではなく共有できているものに目を向ければ、彼らもまた人間であることがわかる。

世界というのは人間たちぜんぶを包み込む言葉だ。

他の国、他の土地の人々のことを思う時に、飛行機の便やパスポートを持ち出す必要はない。国籍や市民権も考えなくていい。砂漠であるか、海辺であるか、あるいは大きな都会の真ん中、大草原、ひょっとして難民キャンプ、ともかくそういうところにも人がいて、何かを語り、歌い、愛したり悩んだりしている。

その人たちを知るための文学がある。

彼らの考えや思いが詩や小説になって、翻訳を通じてもたらされる。読めば、彼ら固有の問題と同時に我らとも共通する問題があることが納得される。同胞なのだ。

そんなことはあたりまえ、と言う人は多いだろう。どこの国のどんな文学だって翻訳すれば他の国の人にも読める。しかし実際には、どこの国の場合も、言語や民族や固有の歴史を超えて普遍にまで届いている文学はそう多くはない。読んでおもしろい傑作であるだけでは駄目で、どこかで人間の深部に通じていなければならないのだ。国民文学を越境しなければならない。

通底管という理科の装置がある。二つの器があって、底の穴から伸びたゴム管で結ばれている。水を入れると二つの器の水面は同じ高さになる。あれと同じように遠くの人と人を繋ぐ機能を持った文学が確かにあって、それが世界文学と呼ばれるものだ。

井戸に喩えてもいい。

浅い井戸の水はその土地の人々を養うが、深くまで届く井戸は世界中の人々の喉を潤す。いちばん深い地下水面は地球のすべての井戸につながっている、と想像してみよう。砂漠に墜落したあのパイロットと星から来た王子さまが見つけたのはそういう井戸だった。「この水は身体を養うだけのただの水とは違う。星空の下を歩くこと、滑車のきしみと、ぼくの腕の力仕事から生まれたものだ。だから何か贈り物のように心に利くのだ」（サンテグジュペリ『星の王子さま』筆者訳、集英社文庫、二〇〇五年）というあの井戸。

石牟礼道子が書いたものが世界文学になっているのは、彼女の井戸が深いところまで届いているからである。

どの作品を取り上げてもいいのだが、やはり『苦海浄土』を考えようか。

長い間、世間はこの作品を誤読してきた。水俣病という社会悪を告発する文学だと思ってきた。間違いではないけれど、それは表層だけを掬った読みかただ。『苦海浄土』は水俣病を契機として、人間とはいかなる存在であるかを伝える啓示の書である。

いろいろな人たちが登場する。まずは「会社」の幹部社員と官僚たちがいる。彼らは有能で職務に忠実で、そうあるために自分の心の倫理的機能を停止している。医師と科学者がいる。事実を究明して、「会社」と国や県の欺瞞を知ってしまった。それを公表するか否かは彼らの倫理観による。

患者たちの苦しみを見かねて共闘を申し出た人々がいる。講談ならば「義によって助太刀いたす」と言うところだ。ボランティア活動の姿勢はこの思いに由来する（はずである、あるいはすべきだ）。

そして患者がいる。

『苦海浄土』がすごいのは、その井戸が深くまで届いていると読む者が思い知るのは、この患者を描く筆の力だ。通り一遍の同情ではなく、すり寄るのではなく、苦痛を描写するだけでもなく、苦しみによって開示される魂の最深部に視線を届かせる。それが可能になるまでの長い時間を患者たちと共に過ごしている。

ここに引用はしない。山中九平少年や江津野杢太郎くんや坂上ゆきや並崎仙助老人のふるまいと思いを伝える石牟礼道子の文章を読めばわかることだ。彼らは患者や村の漁民やだれそれの子といった属性を離れて一個の苦しむ人間になっている。そして苦しみの背後には彼らが知っているかつての幸福が透けて見えている。

引用はしない、と言いながら誘惑に負ける。こんな言葉が他の誰に書けたか——

なあ、あねさん。

水俣病は、びんぼ漁師がなる。つまりはその日の米も食いきらん、栄養失調の者どもがなると、世間でいうて、わしゃほんに肩身の狭うござす。

しかし考えてもみてくだっせ。わしのように、一生かかって一本釣の舟一艘、かかひとり、わしゃ、かかひとりを自分のおなごとおもうて——大明神さまとおもうて崇《うやも》うてきて——それから息子がひとりでけて、それに福ののさりのあって、三人の孫にめぐまれて、家はめかかりの通りでござすばって、雨の洩ればあしたすぐ修繕するたくわえの銭は無かが、そのうちにゃ、いずれは修繕しいしいして、めかかりの通りに暮らしてきましたばな。坊さまのいわすとおり、上を見らずに暮らしさえすれば、この上の不足のあろうはずもなか。漁師ちゅうもんはこの上なか仕事でござすばい。

これが世界文学である。

「日本文学全集」『石牟礼道子』解説

まず、石牟礼道子を『苦海浄土』の作者という身分から救い出さなければならない。

一般に作家はその生涯にいくつかの傾向に沿って数十の作品を残す。夏目漱石なら初めに『吾輩《わがはい》は猫である』や『坊っちゃん』という異色作がいきなり来て、その後はもっぱら知識人の生きかたを問う短めの長篇が並び、その速やかな円熟のうちに終焉を迎えた。

谷崎潤一郎であれば初期の恐怖主義的な短篇から始まって、中期の華麗な名作群に移り、やがて『細雪《ささめゆき》』を仕上げて、晩年の性と老人の文学に至った。『細雪』はたしかに大作であるが、しかし他とバランスを失するほどではない。

しかし石牟礼道子にあっては『苦海浄土』の印象があまりに強い。

実際、彼女はこの一二〇〇枚という長大な作品を四十年間に亘って書き継ぎ、これによって作家としての評価を得た。傑作であると同時に社会性を帯びた問題作であって、もっぱらそちら側から多くの読者を持った。ぼくがこの「日本文学全集」に先立って編んだ「世界文学全集」の一巻にこれを収めたのも、これなくして日本の戦後文学は完成しないし、また言うまでもなくこれが石牟礼道子の代表作だからである。

しかし、それにしても『苦海浄土』はあまりに大きくて複雑な、構成要素も多岐に亘る、特異な作品である。その規模のために彼女がこれを書くに至った道筋や、並行して書いた他のもの、なかんずく『苦海浄土』を裏側から支えていたこの人の資質などが却《かえ》って見えにくくなっている。これを読み終えて首尾よく彼女のよき読者となった者は次は何を読めばいいのか、あるいは他のもう少し与《くみ》しやすいものから入って『苦海浄土』に赴こうとする者はまず何を手に取るべきか。

そのためのぼくなりのセレクションがこの一巻である。どちらを先に読んでもいいが、この巻と『苦海浄土』でこの人が書いてきたもののおおよその幅と奥行きがわかるだろう。

この「日本文学全集」の読者は『古事記』から説話、能や説経節《せっきょうぶし》や浄瑠璃を経て近代日本文学までに共通する多くの要素を、この二巻の内に縦断的に読み取ることができるかもしれない。そうだとしてもそれは決して知的制覇の成果ではなく、魂の通底とでも呼べるような不思議な仕掛けで実現したものだ。

石牟礼道子とはそういう作家である。

はじめに、二年ほど前にぼくが『椿の海の記』の文庫版のために書いた「解説――四歳の幼女の世界解釈」を加筆の上で再録する。決して手間を惜しんでのことではなく、この作品に対するぼくの姿勢はこの文章で伝わると思ったからだが、これが後でものの見事にひっくり返るのだ。

＊

この本を前にした時に一つ大事なことがある。

ゆっくり読むこと。

今の世の中に流布している本の大半は速く読むことを前提に書かれている。ストーリーを追って、あるいは話題を追ってどんどん読み進めて、なるべく早く最後のページに至る。内容はすぐに忘れて次の本に手を伸ばす。

しかし、これはそういう本ではないのだ。

一行ずつを賞味するように丁寧に読まなければたくさんのものを取りこぼしてしまう。

『椿の海の記』は一人の幼女が世界とどう出会い、その世界をどう理解してどう受け入れたか、それを語る本である。

こんな風に総括してしまうと堅い内容のように思われるかもしれないが、話は一つ一つ具体的で、生き生きと眩しく輝いている。網の中で鱗《うろこ》を光らせるたくさんの、いろいろな種類の魚のようだ。

だから数ページでも読んだ者はこの文章とエピソードの魅力に取り憑かれ、先を追って読もうと勇み立つだろう。そこで自制して、自分に向かって「ゆっくりゆっくり」と声を掛けなければならない。

そうやって読むうちにふと疑問が湧く、これはどういう種類の本なのだ？　随筆とかエッセーと呼ぶにはあまりに濃密、自伝といったって四歳までの自伝なんてあるだろうか？　だいいちこれは自分の誕生以来の時間を追っての記述ではない。小説かもしれないと考えてみても、登場する人々も土地も実在するらしい。この口調からすればぽんた殺害事件も一《はじめ》くん木に挟まれ事件も実際に起こったことのようだ。フィクションにしては一つずつの素材が充実しすぎている。

時代は昭和の初期、場所は熊本県の水俣。

最初の一行は「春の花々があらかた散り敷いてしまうと、大地の深い匂いがむせてくる」だ。テーマは自然であり、その変化を感受することである。

この時期、この場所に生まれた子供にとって、世界とはまず自然だった。それを受け付ける自分の感官だった。

次に父の声が入ってくる——「やまももの木に登るときゃ、山の神さんに、いただき申しやすちゅうて、ことわって登ろうぞ」という忠告。

これでまたいくつかのことが明らかになる。自然と子供は向き合っているわけではなく、「山の神さん」を介している。子供にはそれを教える父がいる。

このような経路を辿って子供は自分が今まさに育っているこの世界という場を認識し、解釈し、理解する。もちろん幸福な温かい光に照らされながらであって、生まれること、育つこと、日々を生きることはそのまま世界による祝福である。人も虫や獣や草や木も生まれたことが幸福だった。まず最初にこの充足感があって、そこから何かが奪われることによって不幸というものが発生した。しかし、幸いなことにこの子供はまだそれを知らない。


四歳の子供にとっていちばん身近な世界要素は家族だ。「山の神さん」のことを教えてくれた父は亀太郎、母は春乃、その父である祖父松太郎、その正妻の「神経殿《しんけいどん》」ことおもかさま、権妻殿《ごんさいどん》のおきやさま、「きりょうよし」の叔母はつの、祖父の「一番あねさま」のお高さま、大叔母お澄《すみ》さま……

彼ら相互の関係が子供の目からの記述で次第に明らかになる。一人一人の性格が見えてくる。一言でいえば没落しつつある名家だろうか。松太郎は石を扱うのに巧みな「石方の神様」で、企業家として道普請を請け負う。そこで赤字になったら身銭を切ってでもきちんと仕上げるという、ある意味では非現実的な風に筋を通す人物だったから、山を一つ売り二つ売りして最後は税務署の差し押さえに遭い、一家は「とんとん村」の小さな惨めな家に引っ越すことになる。

みっちんこと道子は大家族の充分すぎる愛を受けて育つけれども、これがなかなか家の中にじっとしている子ではない。自然の方へ、また世間の方へ、どんどん歩いてゆく。

この潑剌《はつらつ》とした幼い闊歩《かつぽ》がすばらしい。はじけるような好奇心と自ら世界に参加しようという意欲。それが四歳という時期なのだろう。いや、この子は少し早すぎるかもしれない。なにしろ世間の方に向かう時は幼い身で「赤いネルの腰巻きと、梅の花の柄をしたモスリンのちゃんちゃんこを風呂敷に包みこ」んで、「末広に、いんばいになりにゆく」と母親に向かって宣言するのだから。

このエピソードに納得するにはこの時代のこの規模の町における娼家《しょうか》の位置を知っておかなければならない。「末広」は公認され、一つの生業《なりわい》として町並みの中で一定の地位を得ていた。

しかし現実にはその受け止めかたには人によって微妙な色合いの差がある——

どのようなひとことであろうとも、云《い》う人間が籠めて吐く想《おも》い入れというものがある。父が「淫売《いんばい》」というとき、母がいうとき、土方の兄《あぼ》たちがいうとき、豆腐屋の小母《おば》さん、末広の前の家の小母さんがいうとき、こんにゃく屋の小母さんがいうとき、全部、ちがう「淫売」なのだ。

子供はこの違いをきちんと聞き分けている。つまり子供なりに世間が一様でないことに気づいている。彼女自身が末広の綺麗《きれい》なあねさまたちを慕って憧れているから、それを判断の基準点として偏見の深さを計測する――「淫売という言葉を吐くときの想い入れによって、自分を表白してしまう大人たちへの好ききらいを、わたしは心にきめだしていた」。

淫売だけでなく、地位に上下の差のある共同体のいくつもの尺度を子供は読んでいて、例えば狂ったおもかさまに向けて飛んでくる石の痛みの意味をこの孫は理解している。癩《らい》病やみの徳松殿《とくまつどん》への官憲の非情なふるまいと町の人たちの同情を正確に感得している。更に自分たちが不運な没落を遂げたことでこの地位の差を身をもって体験している。それが後に水俣病の患者たちへの無限の共感の土台になったのだろうか。

このあたりがみっちんと人間界の最も濃厚な交渉の領域だが、しかし世界は人間たちの交わる場だけから成っているわけではない。

むしろその外への方が彼女の感覚は鋭敏なのだ。なにしろ秋の磯茱萸《いそぐみ》の原で「こん」と啼《な》いて仔狐《こぎつね》になったつもりになれる子である。野菊を千切《ちぎ》って頭にふりかけ、「自分がちゃんと白狐《びゃっこ》の仔《こ》になっているかどうか。それから更に人間の子に化身しているかどうか」を確かめるのだ。

やまももをきっかけに父から山の神さんのことを教えられる以前から、この子は山にも里にも海にもなにかが在《い》ますことを知っていた。大廻《うまわ》りの塘《とも》には「いろいろおらすとばい」という年寄りたちの言葉を疑わずに受け入れることができた。

だから「この世の成り立ちを紡いでいるものの気配を、春になるといつもわたしは感じていた」と言う。それは一般に「造物主とか、神とか天帝とか、妖精のようなもの」とか呼ばれると後に知ったが、その頃は「非常に年をとってはいるが、生《な》ま生《な》ましい楽天的なおじいさんの妖精のようなもの」として受け取っていた。春の日射しの中で子供と「いのちの精」は隠れんぼをする。

そこのところをもっと原理的に説明すればこういうことになる——

ものをいいえぬ赤んぼの世界は、自分自身の形成がまだととのわぬゆえ、かえって世界というものの整わぬずうっと前の、ほのぐらい生命界と吸引しあっているのかもしれなかった。ものごころつくということは、そういう五官のはたらきが、外界に向いて開いてゆく過程をもいうのだろうけれども、人間というものになりつつある自分を意識するころになると、きっともうそういう根源の深い世界から、はなれ落ちつつあるのにちがいなかった。

自我が作られて世界との間に境界ができて楽園から追放された。だとしたらなぜ石牟礼道子はみっちんであった時のことをこれほど詳しく覚えているのか。言葉で再現できるのか。昔々の自分について「えたいの知れぬ恍惚《こうこつ》がしばしば訪れ出していた」と言えるのか。

ここのところに『椿の海の記』の秘密があるような気がする。ただ子供の頃を思い出しての随筆ないしエッセーではない。迂闊に読む者がそう捉えて疑わない裏に手の込んだ仕掛けがある。おぼろな記憶を具体的な記述に換える伎倆があり、文芸のたくらみがある。四歳の自分に見えていた世界という仮構を用いて今の我々（大人である著者と読者）にとっての世界を解釈しようという意図がある。それを実現するだけの文章の力がある。つまりこれは四歳の時の自分というスクリーンに投影された石牟礼道子の全人生なのだ。

例えば、父の亀太郎とみっちんがガス灯を持って夜の海に行く場面。かつてこの一家のものだった船が朽ちた姿を波打ち際にさらしている。「この、ここにこうして坐《すわ》っとるみっちん家《げ》の船ちゅうものは、こりゃあ、えらい働いてくれた船ぞ……」と父は言う。その先で父は今見る船の姿を言葉にする――

ほら、みてみろ……。船板どもは波に呉れてやってしもうて、いまはこのとおり、あばら骨だけじゃが、舳先《へさき》だけになってしもうてもこの舳先の向きの、天さね向いとる具合の、雄々しかろうが。

はっきりと読者の目に見える描写だ。
あばら骨という言葉を出したすぐ後で、亀太郎は子供に自分のあばら骨を触らせる。兵隊検査で丙種になった理由がこの体格、このあばら骨だった。「白石亀太郎、一代の恥辱」である。

船と父の身体が重ねられ、廃船になった無念が丙種の口惜しさを強調する。どちらも本来は力を持ちながらそれを発揮できない。船はかつては「えらい働い」たのに壊れたし、亀太郎は「頭は抜群でも、これじゃ兵隊の役にゃ立たん」と言われた。

文章の技法としてこれはもう随筆やエッセーではなく高度に小説のものである。異質のもののぶつけ合いから効果を引き出すのはむしろ詩や和歌・俳句の技と言ってもいい。この作品は始めから終わりまでこういう技巧を凝らして作られている。

後の話だが、『苦海浄土』が大宅《おおや》壮一《そういち》ノンフィクション賞に選ばれた時、著者はこれを辞退した。本当のところ、これは辞退ではなく謝絶だった。あれをノンフィクションとしては読んでほしくない。あの患者たちの言葉を安直にテープレコーダーなどで採録したと思ってほしくない。長いつきあいを経て知った彼らの本音を一度は自分のものとしてすっかり血肉化し、いわば患者に成り代わって語っている。本人は「産み直す」とまで言っている。胎《はら》を経由しているのだ。『椿の海の記』の始まりの地点にはたしかに幼時体験があった。石牟礼道子はそれを力尽くでこの文学作品に育て上げた。だからこの建物は正面から見た時よりもずっとずっと奥行きがある。軽い気持ちで入った読者は捕まってしまってなかなか出て来られない。

ここでひどく場違いな言葉だと承知で言えば、この本の世界にはヴァーチュアルなものが何一つない。近代の技術が得意とする詐術、つまり、紛《まが》い物、置き換え、すり替え、ないものをあるものとして扱うこと。コンピューターのディスプレイをデスクトップ（机の上）と呼ぶようないんちき、がない。虫も貝もお女郎もとんとん村も、すべてがっちり実在している。

みっちんは数字を拒否する――

数というものは無限にあって、ごはんを食べる間も、寝ている間もどんどんふえて、喧嘩が済んでも、雨が降っても雪が降っても、祭がなくなっても、じぶんが死んでも、ずうっとおしまいになるということはないのではあるまいか。数というものは、人間の数より星の数よりどんどんどんどんふえて、死ぬということはないのではあるまいか。稚《おさ》ない娘はふいにベソをかく。数というものは、自分のうしろから無限にくっついてくる、バケモノではあるまいか。

みっちんが理解できる数字は「三千世界」や「千年も万年も」という誇張の言い回しだけだ。

数字の否定はそのまま近代の否定である。数字とはヴァーチュアルな思考の始まりだから。大都市や高層ビルや新幹線と「山の神さん」は同居できない。町ならばそこに住む人たちはみな互いの顔を知っているはずだ。何百万人かが住むという都会とは数字に還元された抽象的な場であって、そこに精霊たち、「あのひとたち」はいないだろう。だから石牟礼道子は後にチッソではなく患者の側に立ったのだろうか。患者たちにはちゃんと顔があったから。

数字以前に言葉というものがすでにヴァーチュアルであったかもしれない。「だまって存在しあっていることにくらべれば、言葉というものは、なんと不完全で、不自由な約束ごとだったろう。それは、心の中にむらがりおこって流れ去る想念にくらべれば、符牒《ふちょう》にすらならなかった」というのはほとんどこの本を（言葉をもって）書いたことの否定に近いが、しかしありがたいことにこの本は書かれた。

こういうことを書き連ねながらぼくはちょっとした絶望に落ち込む。これは本当は解説不能な作品なのではないか？　何を言っても解説になどならない。分析してもしようがないのだ。我々はこの見事な文体を陶酔して読めばそれでいい。この作品自体が近代以前の様式に依《よ》る語り物であり、浄瑠璃であり、能の台本である。おきやさまが語って聞かせる信太《しのだ》の狐《きつね》の話のようにただ耳を傾ければいい。『椿の海の記』はもともと文字にならないはずの失われた世界の至福を文字で表そうという矛盾した意図の産物なのだ。この矛盾が克服されてこれを読めることの幸福は体感でよくわかる。だから最初に戻って、ゆっくり読むということを言えばそれで解説の責務は果たせたとも言える。

明らかなのは、この作品は読んだ者のものの感じかた・考えかたを変えるということとだ。我々はこういう豊かな世界を失って今のこの索漠たる社会に生きているということである。それを象徴するようにチッソと原発が屹立《きつりつ》している。この喪失感はとても大事なものだとぼくは思う。

＊

さて、二年前にこれを書いた時にはぼくはこの構図を信じていた。

つまりチッソに代表される近代が壊してしまった古代的なアニミズムの世界へ戻る回路としての石牟礼道子。

しかし、ぼくは今、この構図を修正しなければならないかと考え込んでいる。

『椿の海の記』についてここに書いたことはストライクゾーンの範囲内にある。これはそう見当外れではない文章だろう。

しかし基礎のところで大きなものを取り落としたかもしれない。

ぼくは石牟礼道子の長年の協力者である渡辺京二の本をきっかけにそれに気づいた。もったいぶらずに言ってしまえば、幼女として、自然児としてのみっちんは本当に幸福だったか、世界や世間との仲は満ち足りたものだったか、そこを改めて問わなければならないということである。先に書いた「まず最初にこの充足感があって、そこから何かが奪われることによって不幸というものが発生した。しかし、幸いなことにこの子供はまだそれを知らない」は本当のことなのか？

以下、渡辺京二の『もうひとつのこの世』という本を参照しながら考えを進める。

みっちんの祖母であり松太郎の正妻であるおもかさまは老いた狂女として『椿の海の記』の大事な登場人物であり、もっと幻想味の勝った『あやとりの記』ではみっちんと同じ背丈の主人公となって多くの不思議な人々（岩殿《いわどん》という隠亡《おんぼう》の老人、いつも萩麿という馬と一緒の片足の仙造爺さん、犬《いん》の仔せっちゃんという女乞食、大男のヒロム兄《あん》やん、などなど）や異界に属する「あのひとたち」（もたんのもぜ、迫《せこ》んたぁま、髪長まんば、さらに山の衆《し》たち、川の衆たち、などなど）たちと行き来する。これらの名前だけで『あやとりの記』がどんな世界を描く話かわかるというものだ。この世界におもかさまはみっちんと同じ資格で入ってゆける。

石牟礼道子が一九五九年から一九六〇年にかけて発表した「愛情論」というエッセーがある。半ば自伝のようなこの文章にすでに祖母が出てくる——

「気狂いのばばしゃんの守りは私がやっていました。そのばばしゃんは私の守りだったのです。ふたりはたいがい一緒で、祖母はわたしを膝に抱いて髪のしらみの卵を、手さぐりで（めくらでしたから）とってふつふつ噛《か》んでつぶすのです。こんどはわたしが後にまわり、白髪のまげを作って、ペンペン草などたくさんさしてやるといったぐあいでした」

祖母はしばしばさまよい出す。水俣の言葉でいえば「漂浪《され》く」のだ。孫が探しにゆくと祖母は降りやんだ雪の中に立っている。

「世界の暗い隅々と照応して、雪をかぶった髪が青白く炎立っていて、私はおごそかな気持になり、その手にすがりつきました」という先、祖母に抱きしめられたみっちんは「じぶんの体があんまり小さくて、ばばしゃんぜんぶの気持ちが、冷たい雪の外がわにはみ出すのが申わけない気がしました」とあって、ぼくはこれを読んで戦慄した。

渡辺京二は「これはひとつのひき裂かれ崩壊する世界である」と言い、「石牟礼氏が『苦海浄土』で、崩壊しひき裂かれる患者とその家族たちの意識を、忠実な聞き書などによらずとも、自分の想像力の射程内にとらえることができるという方法論を示しえたのは、その分裂と崩壊が彼女の幼時に体験したそれとまったく相似だったからである」と続ける。

祖母と孫は共に現実の世界から疎外されている。それはチッソに代表されるような近代の退廃がもたらしたものではなく、もっとずっと遠い昔に始まったことであって、この喪失についての共感能力が彼女を「魂の深か子」とした。だから、録音機はおろかメモも取らずにせいぜい数回しか会っていない患者の思いを一人称の文体に載せて書くことについて「だって、あの人が心の中で言っていることを文字にすると、ああなるんだもの」と言い切れるのだ。

渡辺京二はこの言葉を聞いて驚愕《きょうがく》したと記している。

『苦海浄土』を解析する時のぼくの図式は単純な二項対立で、かつて古代の幸福があり近代がそれを壊した、というものだった。満ち足りた漁民の日々をチッソが壊した。その幸福とは『苦海浄土』で江津野杢太郎少年の祖父が漁師の暮らしについて「天下さまの暮らしじゃあござっせんか」と言う時、また「あねさん、魚は天のくれらすもんでござす。天のくれらすもんを、ただで、わが要ると思うしことって、その日を暮らす。これより上の栄華のどこにゆけばあろうかい」と言う時に表明されるもので、近代の工業主義はそれを奪ったというわかりやすい図式になる。

もちろんそれも間違っていないだろう。人はこの図式に沿って読むだろうし、そこから得られるものは多い。『苦海浄土』はルポルタージュ文学の域を遥《はる》かに超えているが、しかしチッソや国を相手にしてのやりとり、中でも患者たちが東京に行って本社の前に坐り込むあたりはしっかりとしたルポルタージュ文学だ。

だが、すべての礎石としてそこにあるのは患者たちの魂である。多くの読者はそれを見落とすから、ぼくなどはそこを強調せざるを得なかった。

石牟礼道子が患者たちに対して、彼ら奪われた者に対して高い共感能力を示すことができたのは、まるで聞き書のように彼らの言葉を産むことができたのは、彼女自身が生まれつき奪われし者、疎外された者、人間界と異界の間に生きる者だったからだ。だから彼女は単なる正義感や義憤からではなく（それもあったには違いないが）、もっと深い魂の共振によって彼らの隣にすっと自然に立つことができた。そこにはいわば同類を見つけた喜びがあった。江津野老人の豪語はむしろ人の世界の外に押し出された者が最後にすがる幻想である、と渡辺京二は言う。その幻想を石牟礼道子は共有している。

二項対立ではなくて三項併存なのだ。近代工業社会とその前の農民・漁民の世界、そして世の初めからその外にある異界。石牟礼道子は自分が異界に属する者であることを生まれて間もなく知って、孤立感の中に生きてきた。

渡辺京二の指摘をきっかけに気づいてみればその兆候はいたるところにあった。『椿の海の記』のみっちんには同年配の友人がほとんど出てこない。いつも山や海で一人で遊んでいるし、その遊びは異界への小旅行のようなものだ。

あるいは、ぼくが編集した「世界文学全集」に収めた『苦海浄土』に作者が寄せてくれた「生死《しょうじ》の奥から――世界文学全集版あとがきにかえて」はこう始められている――

わたしの地方では、魂が遊びに出て一向に戻らぬ者のことを「高漂浪《たかざれき》の癖のひっついた」とか「遠漂浪《とおざれき》のひっついた」という。

たとえば、学齢にも達しないほどの幼童が、村の一本道で杖《つえ》をついた年寄りに逢《あ》う。手招きされ、肩に手を置かれて眸《ひとみ》をさしのぞかれる。年寄りはうなずいて呟《つぶや》く。

「おお、魂の深か子およのう」

言われた子は、骨張った掌《てのひら》の暖かみとその声音を忘れないだろう。そのような年寄りたちが村々にいた。

幼い頃、わたしも野中道で村の老婆にこう言われた。

「うーん、この子は……魂のおろついとる。高漂浪するかもしれんねえ」

母はいたく心配した。自分の魂の方がおろおろする人だったからである。ご託宣は的中した。

こういう者たちはこの世界にあって居心地の悪い思いをしている。世間とは相性がよくないと思っている。『あやとりの記』に出てくる迫《せこ》んたぁまは「この世に居ることが辛くて、顔を隠し、肩を隠し、躰《からだ》を片っぽ隠し、とうとう消えて魂だけになって、空に浮き出ている一本咲きの彼岸花《ひがんばな》のような、美しい声だけになった」と言われる。

その先に『水はみどろの宮』の世界＝異界がある。

はじめに幼いヒロインとして登場するお葉《よう》もまた普通の世間に交わる資格を欠く者だ。彼女には父母がおらず祖父である千松爺と暮らしている。祖父は川の渡しという人間界と自然界の境界線を行き来することを生業としている（これが一種の菩薩《ぼさつ》行であることは、芥川龍之介の「きりしとほろ上人《しょうにん》伝」を読めばわかる）。だからお葉は「親なし子ぉ」と村の悪童にからかわれる身であり、「村の子どもたちと、お葉はあそべない」とされる。

その代わり、お葉は山犬らんと山に入り、更には霊位の高い白狐であるごんの守《かみ》や、やはり霊力を持つ片耳の猫であるおノンと親しくなって、山中を駆け巡り時には空を飛翔する。要するに彼女もまた「高漂浪《たかざれき》の癖のひっついた」者なのだ。疎外によって世間から遠ざけられることを条件に自然の内奥へ入ることを許される。そして祖父の心配をよそに山犬らんの導きで行動範囲を速やかに広げてゆく。

舞台は肥後の中でも日向《ひゅうが》に近いあたりだが、話が前へ前へと進むにつれて、地名に非在のものが混じりはじめる。釈迦院《しゃかいん》川はあるし緑川も耳川もあるが、小萩簓《こはぎささら》はない。「めがね橋」は一般には通潤橋《つうじゅんきょう》として知られるが、その名はこの話の中では隠されている。

ぼくがここに意味を読み取ろうとするのは、『あやとりの記』のところでも書いたとおり、土地や人や獣や木にとって名前は大事だからだ。名は体を表すだけでなく、名は詩であり呪術である。そうでなくてなんで『古事記』にあれほど多くの名が並ぶか。ごんの守について言えば、職掌として「権守」とは「国守が在京のままで任地に不在の場合などに、それに代わって任務をとるために臨時に任ぜられた国守」のことである。かくして白狐の名は位階を得ると同時にこの話が中世・古代へと繋がっていることを示す。

彼の職務は「穿山《うげ》の胎《はら》ん中で、川をさらえ」ることだ。それは大変な難行で、だから終わって出てくる時は疲れ果てて小さな白い蛇の姿になっているという。おかげで山の生き物たちも人間も清い水に恵まれる。それほどの要職にあるものが白い山伏姿の若者になって錫杖《しやくじよう》を手にお葉の前に現れる。「鼻がすうっとした兄《あん》しゃま」というのは、いかにも狐らしくておかしく、微笑を誘う。この錫杖の音は話の展開に応じてりんりんと鳴り響く。

この穿山の胎の中にあるのが『水はみどろの宮』で、おそらく「みどろ」とは濁りのことなのだろう。それを浄化するのがごんの守の仕事なのだ。

千松爺、ごんの守、おノン、そしておそらくはお葉にも責務があって、それは自然界の秩序を守ることらしい。それが人間界を守ることにも通じるのは自然がまだ人間を見捨てていないからである。秩序を攪乱《かくらん》するものは川の出水や大地震。防ぐことはできないが早く知って警告を出すことはできる。去った後の混乱を収めることもできる。けっして成長や繁栄への努力ではなく、現状を維持しつつ乱れたら回復するための努力であってつまりは近代以前なのだ。だからこの物語の世界には進歩という欲望の色がほとんどない（かろうじてあるとすれば「めがね橋」開通による収穫増か）。維持と安全だけを願うという意味で古代的ないし中世的。つまり反近代。だからこそ最後の場面、「十三年に一度のお山の祀《まつ》り、虹の宮お神楽《かぐら》」の場面がいかにも古式豊かに描かれる。

読み進めるうちに気づいてみると、ヒロインはどこかでお葉からおノンに代わっている。この片耳・片目の黒猫はすばらしい。登場の場面の言いぐさを聞こう——

——いちばんよごれているのは、このあたいじゃ。

——山かげのすみずみを愛らしく照らしている、嫁菜菊《よめな》だの、梅鉢草《うめばちそう》だのにくらべると、あたいなんぞ、あしのうらのちょぼちょぼまでまっ黒で、あの黒岩のかざりにもなりゃあせん。

——黒衣《くろご》の祭典長とかいわれてさ、恥ずかしいったらありゃしない。

この拗《す》ねかた、この世間への引け目、身を引いた姿勢は石牟礼道子の作品ぜんぶに含まれる要素かもしれない。それがまた魅力であるのだが。


ごんの守の主務が「穿山《うげ》の胎《はら》ん中で、川をさらえ」ることであるのと同じように、新作能「不知火《しらぬひ》」のワキツレである竜神の王子常若《とこわか》に与えられたのも水を浄《きよ》めることだ。彼が薩摩《さつま》の「紫尾《しび》山の胎中《たいちゅう》なる湖」に住むものであったこともごんの守と呼応する。常若と共に水の浄化という難事に取り組むのは「海霊《うなだま》の宮《みや》の斎女《さいじょ》」不知火。彼女は常若の姉であり、ことが成就した後には妹背の仲になると言われる。

二つの話が共に水を浄めることを主題にしているのは、石牟礼道子の世界が時間を超えて古代や中世に繋がる、いわば無時間のものであると同時に、どうしようもなく現代を抱え込んでそちら側に踏み出さざるを得ないことの表れである。左足はしっかりと永劫《えいごう》の夢幻の中にあるのに、右足はぐいと強く伸ばされてチッソの業を踏みしめる。あるいは蹴り立てる。この二重性が『苦海浄土』という作品の奥行きを増すと同時にトータルな読みを難しくしていた。人はそれぞれ勝手に望むものをそこに読もうとした。

それはともかく、この新作能の完成度は高い。明治期以降に書かれたのが新作能だが、そしてその多くは古典をなぞるもどきの域を出ないのだが、「不知火」は大きなテーマを強引に持ち込んだために書かれて間もない時期の古典のような力をもって見るものに迫る。

実際これは二〇〇四年に水俣湾の埋め立て地に作られた能舞台で演じられ好評を博した（ぼくはビデオでしか見ていないけれど、それでもすごいと思った）。常若は「身命《しんめい》をつくして毒水《どくすい》の地脈《じみやく》を浚《さら》へむとす」るのだが、それは使命であると同時に「姉弟《あねおとうと》ともにその身毒《しんどく》きはまりて余命《よみよう》のほどもおぼつかなし」というところへ追い詰められたためでもある。姉弟は一度死ぬことによって水を浄め、転生を計る。能楽堂の舞台は否応なく外の世界に通じている。

能など数えるほどしか見たことがないと言う石牟礼道子にどうしてこれが書けたのか、それは玄妙の魔法とでも言うしかないが、しかし能や説経節、浄瑠璃など中世から近世にかけての口承文芸は実は彼女の文体の基礎を成している。

思い出してみよう、『苦海浄土』のあちこちに浄瑠璃の声調は響いていた——

ああ、シャクラの花……。
シャクラの花の、シャイタ……。
なあ、かかしゃん
シャクラの花の、シャイタばい、なぁ、かかしゃぁん
うつくしか、なぁ……
あん子はなあ、餓鬼のごたる体になってから桜の見えて、寝床のさきの縁側に這うて出て、餓鬼のごたる手で、ぱたーん、ぱたーんち這うて出て、死ぬ前の目に桜の見えて……。さくらちぃいいきれずに、口のもつれてなあ、まわらん舌で、首はこうやって傾けてなあ、かかしゃぁん、シャクラの花の、ああ、シャクラの花のシャイタなあ……。うつくしか、なあ、かかしゃぁん、ちゅうて、八つじゃったばい

……。

これについてぼくはかつて「これはどこかで知っていると思う。浄瑠璃の口説き、子を失った親がその子の幸せだった日々を思いだして、とわずがたりにしみじみと語る、あの詠嘆の口調によく似ている」と書いた。作者自身も『苦海浄土』のあとがきに「誰よりも自分自身に語り聞かせる、浄瑠璃のごときもの、である」と記している。こういうものに身を委ねる快楽があるのだ。

能と説経節、浄瑠璃に共通するのは声である。

石牟礼道子の文学は常に声に満ちている。『苦海浄土』を読んだ者が聞き書と勘違いした理由の一つはそこに明らかに患者たちの声が聞こえていたからだ。

実際に十人ほどの人々に会って話を聞いて書いたという『西南役伝説』にも随所に声が響いている。

明治十年に南九州で起こったこの小さな戦争は一九六〇年代にはまだ語り伝えられた記憶として残っていた。それを聞き出したのをもとに、自分たちの住むところが戦場になってしまった者たちの迷惑の一々を、時には小さな英雄譚《たん》や刑死の場の恐怖譚を交えて語る。南から来た蹶起《けっき》勢がどやどやと駆け抜け、北から来た官軍がどやどやと駆け抜け、強制されて一方に手を貸すと他方から叱《しか》られる。おろおろする自分たちの姿を語るところにユーモアが混じるのは当然だろうし、この手法の延長上に『苦海浄土』の主要部分があるのも明らかだ。

この内、「六道御前《ろくどうごぜ》」は創作で、だから思う存分に作者は語る者の声を響かせている。一人の遊行の女の一代記であり、母の代から浄瑠璃を語る旅芸人。その兄というのが実は人形で、この母は一人で浄瑠璃を語りながら人形も操って見せて文楽の舞台を再現させていたらしい。その母ならびに兄と死に別れるところはそのまま浄瑠璃の口説きになっている。

その一方でこの一人語りの口調はどこかで聞いたことがあると思って考えれば、これは本全集の第十四巻に収めた宮本常一の『土佐源氏』そのままではないか。自分を語ることに沿って行われる多少のドラマ化がよく似ている。これが石牟礼道子の自画像だという渡辺京二の指摘に深く納得するのもそのためだ。自画像には恥じらいが伴うものだが、これくらい演出してしまうともう恐いものはない。

石牟礼道子は短歌から創作を始めたが、しかしそこにずっと飽き足らない思いを抱いていた。近代の短歌というのは要するに最小サイズの自然主義私小説であり、他者が登場してドラマになることがない。だから谷川雁たちに出会って社会への視点を確保した時に、短歌では言いたいことが言えないと覚ってこれを放棄した。

この他者に向かう心的傾向に沿った最初の作品として「タデ子の記」がある。語り手は代用教員だから作者その人に重なるし、これも事実という土台があった話かもしれない。つまり私小説として読むこともできる。しかしここにはタデ子という歴然たる他者がいる。作者は自分を語る以上にこの戦災孤児との出会いという事件を語り、社会の状況を語っている。タデ子もさまよう者であって弱者であり、その救済が試みられる。そして非力を嘆く声……つまり後の石牟礼道子がここにはすべて揃《そろ》っている。

この人の文学についてこれまで何本となく解説のような文章を書いてきたが、書くたびに前に書いたことの欠落部分に気づいて恥じ入る。この人の文学は既成のどんな枠にも収まらないくせに、解釈の困難を遥かに上回る魅力を湛《たた》えている。男を誘っては突き放す妖精のようだ。

ついつい近代文学のものさしを当てるから何度も間違えるのだろう。彼女の文学には構造がない。設計図を描いて、部品を作って、組み立てるという工学的な手段に依ることがまったくない。作品は書かれつつあるその先端からつぎつぎに生まれる。枝の先に花が咲き実が生《な》るように生成される。みっちんが数を拒むのは、数が工学の最も基本の原理だからだ。

「生る」や「成る」は、どちらの漢字を当てようと、日本人の自然観・世界観の基礎となる概念だ（このことにぼくは『古事記』を訳していて気づいた）。一神教ではすべては神が創造するけれど、この列島にあってモノはそれぞれが内包する力によって勝手に生えてきたり、成ったり、咲いたり、実ったりする。石牟礼道子の文学の成り立ちが正にそれなのだ。すべては筆の先からむくむくと生えてくる、イザナキとイザナミの身体のように。

この人もまた『古事記』なのだ。だから、「祖母はわたしを膝に抱いて髪のしらみの卵を、手さぐりで（めくらでしたから）とってふつふつ噛んでつぶすのです」という場面から『古事記』上巻のオホナムヂの婿入りの試練を思い出すのは自然なことだ。彼もまた岳父となるスサノヲのしらみ取りを命じられて、しらみが実はムカデであることを知って巧みにムクの木の実と赤土でそれらしいことをしてみせる。

この二つ以外に日本文学にしらみ取りの描写はあっただろうか。

参考文献／渡辺京二『もうひとつのこの世――石牟礼道子の宇宙』弦書房、二〇一三年。

『評伝　石牟礼道子――渚に立つひと』文庫版解説

伝記は文芸の分野の一つである。

一人の人物の生涯と事績を書くものだから、対象はそれに値する人でなくてはならない。

リットン・ストレイチーというイギリスの文人に『ヴィクトリア朝のエミネントな人々』という列伝の名著がある。取り上げられているのはマニング枢機卿《すうききよう》、フローレンス・ナイチンゲール、教育家のトーマス・アーノルド、ゴードン将軍。

ここでぼくはエミネント（eminent「高名な、卓越した、抜きん出た」）と原語で書いたが、邦訳では『ヴィクトリア朝偉人伝』とされる。そう、偉人なのだ。この四人について詳細に語る余裕はないから一人に絞るとしよう。ゴードン将軍はイギリスの植民地を守るのに功績のあった軍人で、中国で太平天国の乱の平定に力を尽くし、その後アフリカに転じてスーダンのマフディーの乱で戦死した。あくまでもヴィクトリア朝的な基準による偉人。

ここではストレイチーの例を挙げたが、イギリス人は格別に伝記が好きで、町の小さな図書館でもF（フィクション＝小説）と並んでB（バイオグラフィー＝伝記）という別扱いのコーナーがある。

一般に政治家の伝記は顕彰に傾きやすい。本人は自慢を撒《ま》き散らすし、近くにいた者はこれまた私的な理由から賛辞を連ねる。だから客観的な評価がむずかしくなる。軍人の場合は戦果が前に出るが、大事なのはその時々の判断である。だから半藤一利の『山本五十六《いそろく》』は真珠湾の勝利以上に彼の戦争回避の努力を書いている。『ノモンハンの夏』では筆の及ぶかぎり辻《つじ》政信を難じた。

では文学者は偉人か？

敢《あ》えてそう問うのは、文学者というのは死後に伝記が書かれることが多い種族であるからだ。傑作の山を前に読者は、いかにしてこれほどの作品が書かれ得たかと問うだろうし、その答えはたぶんその作家の内面と外面の両方にあるだろう。生涯そのものが作品であると言うべき文学者もいる。トルストイの最期《さいご》などまことにドラマティックだ。

文学者の伝記を書くにあたっての利点は本人の作品という一級資料があることだ。ことのついでにイギリス文学の場合を見ると、彼らはいわゆる自然主義私小説の類《たぐい》を書かない。書くものはみな純然たる創作であり物語である。それでも個人としての生きかたは必ず作品に現れる。だからまず書いたものを精読し、次に周囲にいた友人・知人の証言や残された書簡なども素材として加えて公正な伝記を書くことが可能になる。結果ぼくたちはジェイムズ・ジョイスはもちろん、グレアム・グリーンやロレンス・ダレル、ブルース・チャトウィンなどの伝記を読むことができる。著名な作家が亡くなると親しかった文学者の一人が伝記作者に選定され（チャトウィンの場合はニコラス・シェイクスピアだった）、関係のあったみなが協力する。それぞれ手元に残った手紙を提供し、インタビューに応じて思い出を語る。時には生前から準備が始まることもあり、それだと本人の回顧談も材料にできる。

米本浩二によるこの『評伝 石牟礼道子――渚に立つひと』はイギリス的な基準においてまこと正統な伝記である。

わざわざ大げさにイギリスのことを持ち出したのは、この評伝を読んだぼくが少し当惑しているからだ。米本は何百回となく本人にインタビューを重ね、周囲の人々の話を聞き、もちろん著作のすべてを丁寧に読んで脳裏に収めた上で、この一冊をまとめた。その誠意と努力には頭が下がる。彼は誰よりもこの仕事にふさわしい人であった。

それでも石牟礼道子はこの本からはみ出しているという印象が拭《ぬぐ》えないのだ。ちょうど狂った祖母おもかさまについて、「じぶんの体があんまり小さくて、ばばしゃんぜんぶの気持ちが、冷たい雪の外がわにはみ出すのが申しわけない気がしました」というのと同じ。

これは石牟礼道子の書いたものを読むみんなが体験することである。読んでも読んでも読み尽くせない。すべての行を辿ったつもりでもいつも何か大事なものを読み落としているという思いが残る。

ぼくは何度か石牟礼道子論を書いているが、そのたびに前に書いたものがいかに不充分であったかを思い知らされた。いつも渡辺京二の論に教えられて不明を恥じることになった。最初は『苦海浄土』が社会悪を告発する聞き書のノンフィクションだという世間の誤解を正すつもりで書いたものの、踏み込みが足りなかった。『椿の海の記』を読んでみっちんの幼年期が幸福なものだと誤解した。あの本には同じ歳《とし》の友だちが一人も出てこない。そこから始まる彼女の思春期の孤独地獄に思い至らなかった。

ノンフィクション云々《うんぬん》については、作者自身が大宅壮一賞の受賞を断るということがあった。このふるまいを説明するために渡辺京二は「これは石牟礼道子の私小説である」と言った（講談社文庫版『苦海浄土』解説）。ノンフィクションから最も遠い定義を持ち出したのだ。

なるほどと思う一方で、そこまで言い切れるかという思いもぼくにはあった。最近になってこういう文章に出会った――

水俣病の実態は日本社会を揺さぶった。経済成長の背後に隠蔽《いんぺい》された事実の報告、記録には告発の意味があり、社会的効用がある。しかしながら、文学がその無償性、純粋性を追求するなら、まさしくその効用性から自らを切り離さねばならず、石牟礼道子は記録作家ではなく、一個の幻想的詩人であると言わなければならない。

（佐藤泉「記録・フィクション・文学性」『思想』二〇一九年十一月号）

そうなのだろう。この評伝に「渚に立つひと」というサブタイトルがついているとおり、石牟礼道子は二つのフィールドの境界線上に立つことが多かった。それも自然と文明、近代と中世・古代、さらに文学と政治など複数の境界線の上。彼女の文学は多くの層の重なりの上に成立している。そこで自然と文明では前者を選び、近代とそれ以前では後者を選んだ。しかし文学と政治については両方を引き受けざるを得なかった。「サークル村」への参加や高群逸枝への傾倒などが彼女に政治と文学を繫《つな》ぐ術《すべ》を教えたのだろう。

その先に水俣病が来る。

この巨大な悪に対して石牟礼道子は総力を挙げて戦った。リソースは彼女の行動力であり、人間的魅力であり、文学者としての奔放な想像力であった。

詩人としての造語力が力を発揮した。「死民」と書いたゼッケン、吹流しに書いた

「怨」の文字、たくさんのアジビラの文章。更には見たもの聞いたこと動いた軌跡、を文学者として書いた記録としての『苦海浄土』という希有の大作。二十世紀後半のいわば大日本産業帝国を相手に地方の貧しい人間の力を結集して戦った日々の記録。

石牟礼道子は患者たちの惨状について報告するだけでなく、抗議行動に同行して見聞を綴るだけでなく、実は率先して運動を率いている。やむにやまれずジャンヌ・ダルクの役を引き受けている。

そこに至る経緯をこの伝記は明らかにする。

一つ例を挙げれば一九五九年。水俣市立病院で石牟礼道子はチッソの産業事故で容貌を失い、海に出て釣りばかりしているうちに釣った魚を食べて水俣病になった男に逢って、その姿に戦慄する。「可視化された極限的な凄惨」を見る。その男は十年の後に彼女に再会して、「みかけは、おとろしかばってん、気はやさしか男ぞ。いつでも来なはれ、何でも語るばい」と言われた。このような患者たちの生きづらさに彼女は、この世にどうしても馴染めずに苦しい思いをした若い時の自分を重ねた。

そこから「もうひとつのこの世」という想念に至る。「私のゆきたいところはどこか。この世ではなく、あの世でもなく、前世でもなく、もうひとつの、この世である」。SFで言うところの並行宇宙のような世界、この現実の横にある an alternate world。水俣病認定患者第一号のあの子が見た「うつくしかシャクラ」はその世界に咲いていた。

それをこの伝記の作者はこう表現する――

「もうひとつのこの世」とは、たゆまぬ希求の果てに訪れる天啓のようなものだ。意識的に招き寄せることができない、夢幻のごときもの。しゅり神山の狐おぎん、ぽんぽんしゃら殿、ゴリガンの虎といった者らのいわば夢の尻尾を道子は追いかけてきた。

伝記である以上は作品や行動の軌跡だけでなく、人柄も伝えなければならない。それはもっぱら本人との数年に及ぶ数百回のインタビューから生まれた。石牟礼道子は米本浩二の問いにいつも素直に答えているが、しかしその内容はしばしば矛盾を含んでいる。記憶の細部の正確さを求めるべき相手ではない。話はゆらりゆらりとたゆたって、おぼろげに曖昧に、美しい。

ぼくもこの十年ほど年に二回くらいは熊本に行って石牟礼さんに会うことを繰り返した。何を問うでもなくただお喋りをして、時には手料理（まさに「食べごしらえ」）を頂く。流しと炊飯器一つという極端に小さな厨房《ちゆうぼう》で見事なものを作って供される。着ているものは古い布を用いて自分で縫って作った、地味げな色と柄の組み合わせの、ゆったりと着心地のよさそうな、上品な服。絵を描かせればふくふくと温かい画面が手の先から生まれる。普段から話す声がよくて、歌うとなると情緒あふれて伸びやかに、まこと美しい。

できないことがないような女人であり、その詳細を米本浩二は、自分にこれを書く力があるかとしばしば臆しながら、静かな口調できちんと伝えている。

更には渡辺京二とのパートナーシップという不思議な仲のことがある。初めは作家と編集者の関係。それが水俣病について国家に抗する共闘者となり、やがて渡辺は石牟礼の執筆を支援するために原稿清書や煩瑣《はんさ》な事務手続きを引き受け、更には日々の食事の用意までするようになった。男の大業のために尽くした女はあまたあるが、その逆の例はまこと少ない。高群逸枝と橋本憲三というケースがすぐ近くにあったとしても、言葉を紡ぎ出す道子の近くにたまたま身を置くことになった京二のとことん支えようという決意と長年に亘《わた》るその実行は瞠目《どうもく》に値する。

しかも渡辺京二はその間に自身の文筆活動でも大きな成果を挙げている。『逝《ゆ》きし世の面影』、『黒船前夜』、『バテレンの世紀』の三作は近世日本の肖像を描くためには必読の書である。


と、ここまで書いたところで、賛辞を連ねるばかりの文体に自分でも居心地の悪い思いが湧く。これでは石牟礼道子は本当に「偉人」になってしまう。

かつてぼくは「石牟礼道子を『苦海浄土』の作者という身分から救い出さなければならない」と書いたが（「池澤夏樹＝個人編集 日本文学全集24」『石牟礼道子』解説）、ここでは「偉人」から彼女を救い出さなければならない。

と考えて気づけば、そもそも彼女はそんなところには初めからいないのだ。ばばしゃんが幼いみっちんの体からはみ出したように、石牟礼道子はすべての石牟礼道子論からはみ出している。

それがわかっていたから米本浩二は最初の章が始まる前にあの「糸繰りうた」を掲げたのだ。本人がこの本から漂《さ》浪《れ》き出すのを見越して――

日は日に
昏《く》るるし
雪ゃあ雪
降ってくるし
ほんにほんに　まあ
どこどこ
漂浪《され》きよりますとじゃろ

II

書評『最後の人——詩人 高群逸枝』（藤原書店）

世界経済フォーラム（WEF）二〇一二年の「男女格差報告」によれば日本は百三十五か国のうちの百一位であるという。情けないことだ。

不況脱出の鍵をこの格差問題の是正に求める論もあるが、それでは女とは何か？個体同士の性別意識はヒトがヒトになる前、有性生殖が生まれた時からあったけれども、社会において女性とは何かが意識的に考えられるようになったのは近代のことだ。

先駆者としてまず与謝野晶子や平塚らいてうの名が浮かぶ。それに続いたのが高群逸枝。熊本県出身の詩人であり、女性学の研究者である。その頃のことだから大学に講座があるはずもなく、終世在野。孤立無援のまま『招婿婚の研究』、『女性の歴史』などの成果を挙げた。

この『最後の人』は石牟礼道子が高群逸枝について書いた文章の集大成である。

それにしても不思議な仲だ。

高群と石牟礼、二人の間には三十三年の齢の差がある。熊本の一主婦であった石牟礼はたまたま同郷の高群の仕事を知って、『女性の歴史』を夢中になって読み、「かねてから私が思っていることに全部答えてある」と興奮し、ファンレターを書いた。それを受け取って一か月後に高群は亡くなった。だから実際には二人は会っていない。

しかし高群逸枝には伴侶がいた。

橋本憲三。

これがすごい男。逸枝の才能を信じ、研究の意義を信じ、自分は生涯をこの人に捧げると決めて、死後の全集刊行まで揺るぎなく実行した。同じような例は男女を入れ替えれば珍しくない（例えばドストエフスキーの妻のアンナ）。しかし妻の仕事の支えを男子一生の仕事とした男はめったにいない。

その橋本憲三が葬儀を終えてしばらくした頃、自分の郷里でもある熊本に戻って、かつてファンレターをくれた石牟礼に会った。その手紙のことは病床にあった逸枝との間でも話題になっていたと伝えた。

逸枝と憲三は東京・世田谷の真ん中に残った森の中の家で暮らしていた。いつかその家を見に来ないかと石牟礼道子を誘った。

逸枝が亡くなった二年後、道子は家族の了解を得て上京、「森の家」に半年近く滞在し、妻の『全集』の編集に勤しむ病がちの憲三の世話をしながら逸枝のことを聞き、同時にのちに『苦海浄土《くかいじょうど》』となる原稿を書いた。

二年後に橋本憲三は季刊「高群逸枝雑誌」を創刊する。石牟礼がこの雑誌に寄稿した「最後の人　高群逸枝」がこの本の第一部であり、その後に滞在中の「日記」や関連する文章、二〇一二年八月に行われた（藤原良雄による）インタビューなどを加えることでこの本は成っている。

高群逸枝は晩年に至るまで戦闘的だった――

「家父長制家庭では私有財産に制約されて性生活にあらゆる作為が加えられる。産めと言ったり堕ろせと言ったり、女性の性は不感症型の妻と商売型の娼婦のそれとに分化し女性の愛は自主性も原始性も喪失し現代の家庭の性生活は百鬼夜行の惨状である

（『日本婚姻史』）」と書いたのが一九六三年、亡くなる前の年だ。

その逸枝のことを夫の憲三はこんな風に言う――

「とてもおばあさんなんてひとではなかったなあ。終世、乙女のようなひとだった……。むしろ年月と共にわかわかしくさえなってゆくような、まったく不思議きわまるひとでしたよ。ああしかし、ぼくよりほかに、そのことを知っているものはない」

そういう憲三の言葉を聞きながら、道子はこう伝える――

「一人の妻に『有頂天になって暮らした』橋本憲三は、死の直前まで、はためにも匂うように若々しく典雅で、その謙虚さと深い人柄は接したものの心を打たずにはいなかった」

道子は十一年の後に再び上京して憲三を見舞い、彼の妹の静子と共に最期を看取った。

人の世にはこういう出会いがあるのかと考える。

もしも一九六四年に三十七歳で高群の著作に出会っていなければ、石牟礼道子は『苦海浄土』や『椿《つばき》の海の記』を書かなかったかもしれない。少なくともその内容はずっと違ったものになっていただろう。石牟礼は橋本憲三に会うことで高群を徹底して深く読む契機を得た。

高群を促していたのは、社会で行われている言説と自分の体感・生活感の間の大きな落差だった。石牟礼はいわば『女性の歴史』の応用問題として水俣《みなまた》病というとんでもない仕事を負うことになった。その意味ではこれは萌芽期の『苦海浄土』を支えた出会いの記録である。

高群と石牟礼の間に橋本憲三を挟めば、思想は著作物だけでなく具体的な人格を経て継がれるという奇蹟の好例。

最後に私的な感慨を付け加えさせてもらえば、高群逸枝が「森の家」で著作に励んでいた時期、ぼくはそこから四キロ足らずのところでせっせと小学校に通っていたのだ。

書評『葭の渚——石牟礼道子自伝』（藤原書店）

自伝は小さいながらも歴史である。

自分の人生を文章にする。基礎には史実があって、その上に意味づけや解釈を重ねてゆく。

しかしこの石牟礼道子の自伝はそんな枠に収まりきらない。年号や人名など史実の滑走路から離陸してはるか高いところ遠いところへ飛翔する。

史実を否定したり無視したりするのではない。日付けや人の名・土地の名をきっかけにむくむくと湧き出すものがある。

仮にぼくが自伝を書こうとしたらと考えてみても、まこと貧相なものにしかならない。それは一瞬でわかる。『葭《あし》の渚《なぎさ》』を読んで、生きるということはかくも豊饒な営みであるかと嘆ずるばかり。

ここに書かれたことの多くをぼくはこの作家の『椿の海の記』その他の作品で既によく知っている。それでも渇いた者が水を求めるように一ページずつを読んだのは、つまり語り口の妙に魅せられたからだ。古今亭志ん生の落語、六世野村万蔵の狂言、吉田蓑助の人形浄瑠璃《じょうるり》などと同じ至芸が文章という場で実現している。

昭和二年、熊本県天草で、道普請を生業《なりわい》とする家に生まれた娘が道子と名付けられ、まもなく八代海《やつしろかい》を隔てた水俣に移って、この町で育つ。

大人数の家族があり、その外にはまた多くの親族がおり、祖父と父のもとで働く若い衆がいて、周囲の山や海には精霊のような動植物がひそむ。

先ほど語り口と言ったのは、出てくる人たちの言葉遣いが耳に心地よいだからだ。父が島原から土産を持って戻った。それが「つやつやした絹糸や種のついた綿花」で、女たちはいそいそと織ったり紡いだりを始める。そこで大叔母である老女が、「美しさよ、よか糸のたくさん来申したなあ。この糸でわたしのお寺まいり着物をば織ってくれませな」と言う。玉を転がすような綺麗《きれい》な響き。

人々のすぐ横には「あれたち」とか「ものたち」がいる。たとえば狐は月夜に子狐の手を引いて海辺に出てきて、化ける暇もないので頭に手拭いをかぶって、漁師に「向う縁《べた》の天草まで、舟で渡してはもらえませんじゃろうか」と頼む。チッソの工場ができて騒々しくなったので逃げ出すのだという。

こういう土地で自然界と人間界の両方に目をやりながら道子は大きくなる。成人するというのは大叔母や狐のいる楽園からの追放だったのか。世間は戦争の荒々しい空気が到来し、十六歳で代用教員となって赴任した小学校では竹やり訓練が始まった。子供たちが槍で人を突き刺す練習をさせられている。

時には先輩に誘われて行商の仲間に入り、塩鰯を仕込んで担いで山の村まで行く。ところが口べたで一向に売れないので、あきれて仲間が売ってくれる。

そういう中で道子は、言葉を使いたいという内部からの促しに応じておずおずと文芸に手を伸ばす。思いや考えは言葉に託すことができる。そして結局は稀代の日本語の使い手になる。

彼女は自分の心に湧く思いだけでなく、人の思いを集め始めた。西南の役を見物していた人たちの記憶を書きとめる。そうするうちに「自分が今の世の中に合わない」

ということに気づき、「近代とは何か、という大テーマがわたしの中に根付」いた。その一歩先には『苦海浄土』という半世紀がかりの大仕事が待っていた。この自伝は水俣病に出会うところで終わっている。

石牟礼道子は戦後日本文学の一等星、もっともっと読まれるべき作家である。本書は彼女の世界への恰好の案内・入門書となっている。

書評『不知火おとめ——若き日の作品集 1945–1947』（藤原書店）

これは石牟礼道子が十八歳から二十歳のころに書いた小説や日記、恩師に宛てた手紙、短歌などを集めた一冊である。

後に大成した人の若い時の作を前にして、人はしばしば才能の萌芽を見て取ろうとする。

ぼくも同じことをした。この人は最初から石牟礼道子であったとまず思った。文章はのびのびとして意を尽くし、思うところを余さず伝える。

しかし、ここにはやがて『苦海浄土』の作者となるはるか以前の、未だ自分の資質を見定めかねて逡巡していた時期の石牟礼道子がいる。若いというのはつまりたくさんの選択肢を前に迷っているということだから。

「不知火をとめ」という短い小説がある。水俣の石牟礼旧宅取り壊しで回収された資料の中から渡辺京二さんが見つけたもの。

若い女の主観的な語りである。

自立して生きる意思はありながら、それに確信が持てなくて、さまざまに迷う日々の記録。その迷いを映す鏡として奇妙な易者を登場させるなど、なかなか趣向にも富んでいる。

このヒロインは信之という男と形ばかりの婚礼を挙げているが、まだ一緒に住んでいない。ほとんど憐憫の情から夫として受け入れたものの、それは愛ではない。

これはあの時期の日本の文学の主流であった自然主義私小説という形式をそのまま応用した作品である。自分の生きかたへの疑問と煩悶と葛藤。双方の家族など周囲の人物は影が薄く、自問自答が延々と続く。

石牟礼さんはこんなものを書いていたのだとぼくは少し驚いた。

だが、考えてみれば初期の彼女には短歌という自己表現の手段もあった。谷川雁たちに出会って社会への視点を確保した時に、短歌では言いたいことが言えないと覚って放棄したのではなかったか。そして、短歌とは自然主義私小説そのままの一人称の文学である。

一つ例を挙げれば、「ポト……ポト……とあまだれおつる……初恋のいたみかなしも遠き想ひ出」という歌は、オノマトペなど記述の手法になかなかの工夫はあるものの、「(高千穂のいでゆの雫よ、わが乙女の日もはやかへり来たらず!)」という前書きまで含めて、正に私小説の原理で作られている。

その一方、この本には「タデ子の記」というまったく異なる類《たぐい》の短篇もあるのだ。語り手が、タデ子という瀕死の戦災孤児を汽車の中で見つけて家に連れて帰り、家族みんなで世話をして、やがて加古川の縁者のもとへ旅立つタデ子を不安な思いで見送るまでの日々が、語り手の心の揺れをたっぷり含んで綴られる。

語り手は代用教員だから作者その人に重なるし、これも事実という土台があった話かもしれない。つまり私小説とすることもできる。

しかしここにはタデ子という歴然たる他者がいる。他者を欠くのが私小説だとしたら、これはその枠を大きく超える話だ。

石牟礼道子の社会性はこの時期から歴然としている——

「一番美しい筈の子ども達が、ぬすむ事を覚え、だます事を覚え、心を折られ、それでも、大人達からは、敗戦したんだから、仕方がない、と極く当然のことのように、ほうり出され、あまつさえ、迫害さえ加えられて、だん〳〵と魂を無くして行きつゝあるのはなんとしたことでございましょう」という言葉には、後の『苦海浄土』執筆四十年を貫く思想が明らかにある。

書評『無常の使い』（藤原書店）

長い小説ならば要約もできるけれども、短いものを集めて、その一つ一つが気持ちの籠もった文章で、そこに語られるのが魂の真実となると、引用だけで書評を組み立てたくなる。

これは追悼文集である。

まずはタイトルのこと。

「五〇年くらい前までわたしの村では、人が死ぬと『無常の使い』というものに立ってもらった。必ず二人組で、衣服を改め、死者の縁者の家へ歩いて行ったものである」と一行目を読んで、この「無常の使い」に引き込まれる。

たしかに諸行は無常、死は時を定めず誰のもとにも訪れる。故人に縁《ゆかり》の人々は集《つど》って葬儀を行わなければならない。その参集を乞う使者が四方に遣わされる。行った先での口上は——

「今日は水俣から無常のお使いにあがりました。お宅のご親戚の誰それさんが、今朝方、お果てになりました」という。あるいは「仏さまになられました」と。

受けた側は、丁寧に、「お帰りのお足元は大丈夫ですか」と使者をねぎらって返した。三里の道を往復するにはわらじの替えを三足用意して行ったという。

使者が戻れば人々が参集できる日時を定めて葬儀の準備を始める。

なんと余裕のある、人の世の筋道を正しく踏んだ風習だろう。

この姿勢のままに、石牟礼道子は多くの人の野辺の送りをしてきた。心において看取ってきたと言ってもいい。

別れの思いを言葉に綴る。それは、人の死を軽んずる近代社会の偽善の前提に逆らうことであり、だから人が亡くなることをまるで祝いごとのように受け止めて、しかし山ほどの淋しさも言葉に乗せて、死を契機にその人を語ることになる。

この作家の本性を知るのに追悼文ほどふさわしいものはない。その用意として故人たちとの生前の交渉があった。互いに人を人として遇して、嘘いつわりのない行き来をした。だから真心の悔やみの言葉が湧き出してくる。

たとえば、水俣病の「劇症で最初の学用患者」となった田上義春さんを語るのに、著者はチッソの幹部との交渉の場を再現してみせる――

「いつも静かで、激する人だった川本（輝夫）さんとは対照的。社長に向かって『あんたたちは、学校はどこまで出なはったな』と問う。『東京大学を出ました』という答えに『東大は人間に対して、何ば教える学校かいた』と重ねて尋ねた。『家族はおんなはるか』とも。しっ責するでも非難するでもなく、慈しみのこもったまなざしと声。その場に居合わせたみんなが考え込む」

追悼文では短い中に故人の姿を見せなければならない。この作家が『苦海浄土』を通じて行ったのは、あの病気にかかわった多くの人々の姿を文章によって描くこと、それによって社会の病像を人間の側から示すことだった。こんなことではなかったはずと、悶えて嘆くことだった。

鶴見和子を送るのに、彼女の子ども時代のエピソードから始める――「雪の降る日はね、庭の中を二人でね、ちーん、ちーんと鉦《かね》をたたいてまわるのよ。巡礼ごっこをするわけ。そう、ちょっと広い庭」。幼い和子と弟の俊輔。長い巡礼の人生の果てに二人はそれぞれ逝った。

田上義春が蜜蜂を飼っている話が『苦海浄土』の中にある――「なんしろ、おなごばっかりの集団ですけんな。することなすことがぜんぶその、小愛《こや》らしかですもん」。病気の中にあってなお生きとし生けるものすべてへの愛が滲み出るような人柄。

送られた者にはしっかりした思想の持ち主が多い。荒畑寒村、白川静、上野英信、谷川雁、宇井純、多田富雄、原田正純……

とりわけ胸を打つのが、やはり患者であった杉本栄子の場合だ。これを読むと追悼文というのは実は短く書いた伝記であることがわかる。

水俣病の第一次訴訟の頃、「この時代の栄子さんは病状もひどかったのだろう。ひどく憔悴して声を出すのもやっとという姿にみえた。あとで想えば、まわりから陰に陽に白眼視され、迫害を受けておられたのであろう」と書く。

裁判を起こしたから魚が売れなくなったという周囲の見当違いな恨み。夜中に家を取り囲む人々の足音を聞いて怯えることもあった。そういう時に義父の杉本進が言った――「恨み返すなぞ。のさりち思えぞ」。

のさりとは天の恵みである。不運を幸運と読み替える。そういう豪儀な心の持ち主が水俣にはいた。

それを思い出して嫁の栄子は「これがなぁ、一番むずかしか。恨み返すなちゅうことが」と言って涙ぐんだ。

しかし、長い闘いの果てに彼女は、「このきつか躰で、人を恨めばさらにきつか。恨んで恨んで恨み死にするより、許そう思う。チッソも許す。あそこにも、生きて考えとる人間のおる。水俣病はなぁ、守護神じゃもん……」と言うに至るのだ。

この言葉はつまり、最も濃縮された『苦海浄土』ではないか。

書評『完本　春の城』（藤原書店）

石牟礼道子が島原の乱を描いた歴史小説。

そうには違いないが、そこからはみ出すもの、あふれ出るものがたくさんある。

江戸時代のはじめに九州の諸大名はおろか幕府まで動かし、十二万の兵をこの地に集めた大乱のもとには、蹶起する側の人々の無数の思いがあり、それが一つの流れにまとまるまでの経路があった。せせらぎが奔流になる過程があった。

天草下島の内野に生まれたおかよという少女が海を渡った島原・口之津に嫁ぐ。だが彼女の姿はたくさんの人が動き回る全体図の中に紛れ込んでしまう。

人々が立ち上がった直接のきっかけは米の不作という現実を無視した年貢の取り立

てだったが、彼らの多くはキリスト教徒であるから、この外来の信仰への弾圧がもう一つの訴因として重なってくる。

歴史小説として巧妙に作られている。外部の大きな権力・暴力に揺り動かされながら、それに抗して自分たちなりの生きかたを貫こうとする彼らの姿勢に共感して、読者は数年の時の流れを辿る。

地の説明の文章は少なく、ことはもっぱら人々の会話を通じて伝えられる。作者は奥に隠れているけれど、そこにいることはわかっている。読者は登場人物を介して作者と対話する、むしろ議論することになる。

歴史小説がつらいのは、結末がわかっているところだ。いずれにせよ彼らはみな死ぬのだ。それを承知で読みすすむ。では「後生の救い」は本当に救いになるのか？パライソの幸福は現世の不幸を帳消しにしてくれるのか？　信仰は個人の魂を救うかもしれない。しかしここで問題なのは社会ぜんたいの不幸なのである。

だからこそ（おかよの舅にあたる）仁助は「わし一人《いちにん》の科《とが》ならば懺悔をして、マリア様に除いてもらうこともできようが、口之津一帯の難儀は懺悔では除かれぬ」と言う。こういう課題を作者は読者に突きつける。

島原の乱はそのまま水俣病につながっている。あるいは普天間と辺野古に。一人一人の受苦を抽象化することなく、あっさり数字に還元することなく、痛みとして苦しみとして正しく受け取らなければならない。そのための装置として、例えば『春の城』のような小説がある。

この新しい版は本文の他にこの作品に縁のある多くの文を集めて、いわば一冊にして『「春の城」全集』を成している。

書評　『道子の草文』（平凡社）

断簡零墨《だんかんれいぼく》という言葉がある。

ごく短い文章の意で、いわば作家や詩人の落ち穂。昔、大家の全集などで細かいものまですべて収録したと豪語するような時に使われた。

『道子の草文《くさぶみ》』は藤原書店の全集などに漏れた断簡零墨を拾い集めて編んだ一冊である。長いもので二、三十ページ、短いのは見開き二ページに収まる。

編集に当たった渡辺京二さんはこのタイトルの由来を「彼女の作品中の狂女が、草をくるくると巻いて道傍に置くのを、村人が××女の草文《くさぶみ》と称したとあるのに拠る」と「あとがき」に記しておられる。歩きながら草をむしってまるめて道の脇に置く。

何気ないふるまいに見えるが、しかしそこにはメッセージ性がある。狂女は同じ道を通る誰かに何かを伝えようとしている。釈迢空（折口信夫）の「葛の花　踏みしだかれて　色あたらし。この山道を行きし人あり」を思い出す。

さて、肝心の内容だが、まずは最初に置かれた「不知火」という短篇にほとほと感心した。不知火海のほとりに育った少女が何やら知らぬ衝動を身のうちに覚え、片恋をしながらその思いを持て余す様がみずみずしい文体で見事に描かれている。「男と女の複雑極まりないすべての世界を、そのままに受け入れてさらりと流し、おのれの思想の中に流し込むには女童はをさな過ぎました」という一行に主題は要約される。

この「女童」は「めわらべ」と読むのだろうが、ぼくは沖縄風に「みやらび」と読んでみたい。「つきのかいしゃ」という八重山の民謡がある。訳せば「月が綺麗なのは十日《とか》三日《みっか》（十三夜）、みやらびが綺麗なのは十《とお》七つ（十七歳）」という歌詞。十七歳は周囲から見ればいちばん美しい時期だろうが、本人は性というそれまで知らなかった生理的な荷を負わされて困惑している。この「不知火」を書いた時、石牟礼道子は十九歳だった。すぐ前の自分を振り返って書いているのだ。

文才について言えば、この歳でこんな完璧なものが書けたのだから後は安心、と後世は思ってしまうが、書くこと以前に生きることが容易でなかった。それでも、自分の中になすすべもなくくらうずくまっていた若い女はやがて立ち上がって歩き出す。

この本が編年体であることの意味は大きい。十九歳から八十歳まで、それ自体が落ち穂で綴る小さな伝記になっている。米本浩二の『評伝 石牟礼道子——渚に立つひと』を座右に置いて読むのもいいかもしれない。

若い頃、何度か自殺を試みた彼女の人生に他者が入ってきて、書くものにも社会性が加わる。個人の思いを超えるみんなの思いは成り立つか。「男と女は惚れるかそうでないかだけできまると云つてしまえばそれだけかもしれないけれどももつと別に大ぴらでたくましい共通の愛でつながりあつてもよさそうなものだ」(「遠い鏡」)というのはほとんどプロレタリア文学的な博愛の理想主義ではないか。

この本の成立の土台には遺された文書を読み解く「石牟礼道子資料保存会」の人々の努力がある。古い紙に書かれた読みにくい文字を分類し、読み解く。大変な作業だと思うが、しかしそれは金鉱を掘ることなのだ。その成果が今ここにきらきらと並んでいる。

III

ぼくのもとに無常の使い

石牟礼さんがもういない。

熊本に行っても、託麻台リハビリ病院にもユートピア熊本にも石牟礼さんはいない。念のため、以前に暮らしていらしたやまもと内科の四階を覗いても、やはりおられない。あれらの部屋はみな空っぽになってしまった。

この十年、なにかと仕事を作って熊本に通った。不知火海《しらぬい》を一周して水俣《みなまた》に寄り、遠く高千穂へ走って夜神楽を見、一昨年の地震の惨状も確かめに行った。その他にも何かと理由を作って訪れた。

すべて石牟礼さんに会うためだった。

パーキンソン病でお首が揺れるのだが、いつもいい顔をしておられた。声が美しく、昔の話が次々に湧いて出て、お疲れを案じながらもついつい時間を忘れた。その場にいられることを至福とした。

何をしても上手な方で、病院の個室で炊飯器一つで煮物を作られる。これが本当においしい。いつも品のいいものを召していらして、どれも手作り。昔の布をつないで不思議な上着を仕立てられる。絵は最後まで描いておられたし、小声で歌われるのを聞いたこともある。

この人の前に不細工な無能な男としてただ坐《すわ》っているのが苦しかった。身を持て余す思いがした。こちらからお渡しできるものが何一つない。頂くばかり。それでも石牟礼さんはぼくが目の前にいることを喜んでおられる。

病状を抑えるために服用している薬の副作用で頻繁に幻覚がやってくる。ここ二、三年はそういうお話が多くなった。

去年の十一月に聞いたのは（今から思えば最後になったのだが）、「部屋の隅に街灯のように立つ二人の見知らぬ男」とか、「温泉で衣類を残して消えてしまった入浴客。みなで探すがいない」とか、「（昔の水俣の）とんとん村の海岸にいる。水平線に天草が見える。でも海を隔てる壁がある」というような話。

声が小さくなって口元に耳を寄せるようにして聴き取った。幻覚ではあるが、しかしそのまま石牟礼道子の文学になっている。

そもそもこの人自身が半分まで異界に属していた。それゆえの現世での生きづらさが前半生での文学の軸になった。その先で水俣病の患者たちとの連帯が生まれた。彼らが「近代」によって異域に押し出された者たちだったから。それはことのなりゆきとして理解できる。でも、たぶん石牟礼道子は初めから異界にいた。そこに苦しみを通じて回路が生まれたのだろう。

去年、石牟礼さんは『無常の使い』という本を出された。「五〇年くらい前までわたしの村では、人が死ぬと『無常の使い』というものに立ってもらった」と序にある。二人組で、正装で、行った先では「今日は水俣から無常のお使いにあがりました。お宅のご親戚の誰それさんが、今朝方、お果てになりました」と口上を述べる。

これは石牟礼さんがこれまでに書かれた追悼文を集めた一冊である。たくさんの人たちと深い魂の行き来があったことを証する名文集である。この時を迎えて読み返しながら、ここでもぼくは引け目を感じる。自分の場合はこんなに深く人々と交わることができなかった。縁を作れなかった。数少ない縁の一つが他ならぬ石牟礼さんとの出会いだった。

数時間前、ぼくのもとに無常の使いが来た。「石牟礼道子さんが、今朝方、お果てになりました」と告げた。

石牟礼さんがお果てになった

石牟礼さんがお果てになった。


昔、水俣では人が亡くなることをそう言った。

「今日は水俣から無常のお使いにあがりました。お宅のご親戚の誰それさんが、今朝方、お果てになりました」と二人組の正装の使者が来て述べる。

この二月十日、その使者がぼくのもとへ来た。

お目にかかるたびに少しずつ小さくなられるようだった。何よりも声の力が衰え、口元からほんの少しのところまでしか届かない。ずっと患っておられたパーキンソン病の薬の副作用で幻覚を見ることが多かったのだが、最近は話されるのも幻覚の報告ばかりになった。

だから、いつかその声が途絶えてしまう日が来ることはわかっていた。それでも石牟礼さんは執筆をしておられた。どれもいい話であり、いつもの文体だった。それを読んでまだまだ先のことと思っていたのだが、無常の使いはやってきた。

熊本、水俣、天草、不知火海、あのあたりが自分の中で白地図になってしまったような気がする。あんなに親しかった土地なのに。今も友人がたくさんいるのに。

この十数年、石牟礼道子が書いたものを繰り返し読んできた。読み尽くせないのだ。読み終わるたびに何かを読み残した気がする。自分はこの本の何割かしか読んでいないと思う。細部に註をつけて済むような話ではなく、ぜんたいの構想のいちばん大事なものを見落としている。作者である石牟礼道子と読者であるぼくの間をつなぐ回路に錯綜がある。本を読むのがそう下手な方だとは思わないのだが。

そもそも日本の知識人は初めから彼女を誤読した。『苦海浄土《くかいじょうど》』を公害企業告発のノンフィクションとして扱った。そんなジャンル付けを大きくはみ出すものであることになぜ誰も気づかなかったのだろう？

十年ほど前、自分が編んでいた「世界文学全集」の一巻にこれを収めることで、ぼくはこの本を指さして「これを読め」と言った。半ばは義憤だった。それなりの効果はあったと思うが、しかしこの時でもぼく自身の読みに大きな欠落があった。不幸な近代と幸福であった前近代という構図に囚われていた。後から思えばそういうことだ。

この蒙を啓いてくれたのは渡辺京二さんだった。石牟礼道子を初めから疎外された者としていた。半ば異界の人だったから、若い時には生きてゆくことが本当に辛かった。そういう道子像を京二さんは示された。

『椿《つばき》の海の記』は四歳の少女の自伝という不思議な話だが、ここには人間界に属さないものがぞろぞろ登場しても、同年代の友だちは一人も出てこない。みっちんは世間から弾き出されている。石牟礼道子の世界には近代と前近代の他にもう一つ、異界という項目がある。二項対立ではなく三角形。

この人に出会った者は、とんでもないものに遭遇してしまったと思う。強く惹かれるのに、それでいてどうやっても合理で解明できない大きすぎる存在。それが目の前に立ちはだかる。抱えようとしても余るのだ。

しかたなくて使者になる。この人と世（世間・社会・日本・世界）を繋ぐ役を担おうと志願する。そういう働きを通じて少しでもわかろうと必死になる。無常のではなく有情の使者。その筆頭が渡辺京二であり、『評伝　石牟礼道子――渚に立つひと』を書いた米本浩二であり、伊藤比呂美であり、ぼくだ。その他わたしもその一人と自覚する者はたくさんいるだろう。水俣の患者たちにこの人が手を差し伸べたのと同じ動機でこの人に手を差し伸べたいと思う。

その一方で、この人の前では自分の非力がなさけなく、なんでもない者だという思いも湧いて出るのだ。『水はみどろの宮』に登場する黒猫のおノンがこう言う――

――いちばんよごれているのは、このあたいじゃ。

――山かげのすみずみを愛らしく照らしている、嫁菜菊《よめな》だの、梅鉢草《うめばちそう》だのにくらべると、あたいなんぞ、あしのうらのちょぼちょぼまでまっ黒で、あの黒岩のかざりにもなりゃあせん。

――黒衣《くろこ》の祭典長とかいわれてさ、恥ずかしいったらありゃしない。

石牟礼道子は近づく者みなにこういう思いをさせる。せいぜいこの人のために働いて、何かしたかと思っても、それはせいぜい黒衣《くろこ》の祭典長。

そういうわれわれを後にして石牟礼さんは旅立たれた。後に清々しいお声が残る

――

日は日に
昏《く》るるし
雪ゃあ雪
降ってくるし
ほんにほんに　まあ
どこどこ

漂浪《され》きよりますとじゃろ
（糸繰りうた）

註がいるだろう。「漂浪《され》く」は水俣の言葉で魂がさまようことである。ある種の人々は生まれつきこの性癖を持っている。

夢とうつつを見る人

もうずいぶん前、東日本大震災よりも更に前、石牟礼さんからふっと電話をいただいたことがあった（あの震災は二年前の熊本の地震と同じようにぼくの中で歳月の区切りになっている）。

石牟礼さんはおずおずと、用事があったわけではございませんと仰った。ただちょっとお話がしたくて。と。

電話で話したことは少なくない。そもそもの始まりがあちらからのいきなりの電話だった。二〇〇四年の初夏、ぼくがまだ沖縄に住んでいた頃、畳の部屋で暑いなと思いながらごろごろしていた時にコードレスの電話が鳴った。なにげなく取ると「あの、石牟礼でございます」という声がした。はっとして、坐りなおして、衿を正した。と言っても沖縄の普段着のTシャツ姿だから衿はなかったのだが。

これが最初の出会い。電話でも出会いには違いない。あれ以来、何十回となく、何十時間となく聞いたみっちんの声の聞き初め。

その少し前にぼくは全集（『石牟礼道子全集』藤原書店）の『苦海浄土』の解説というものを書いていた。今から思えば読みの浅い未熟なものだったが、ともかく力を込めて書いた。それで石牟礼さんはお礼も兼ねてこの男の声を聞こうと思われたのだろう。話の内容はあまり覚えていないが、もっぱらぼくの沖縄の暮らしのことだったと思う。御自分と沖縄の縁で、一九七八年のイザイホーのことを話されたのはまちがいない。久高島で午の年ごとに行われてきた祭事で、四日間に亘《わた》る大がかりなもの。この島では三十歳を超えた女たちはみな神女《かみんちゅ》になるので、その就任式がこの催しである。

残念ながら石牟礼さんがご覧になったこの回が最後になって、以後は開かれていない。従ってぼくも見たことはないのだが、沖縄でもとりわけ霊位の高いこの島に憧れて（こういうことを言うのは気恥ずかしいけれど）、島が見えるところに家を造り、その結果、昼寝をしているところへ石牟礼さんからの最初の電話が襲来することになったわけだ。

石牟礼さんが「用事があったわけではございません」と言われた電話は夢の報告だった。

夜明けに幻聴を聞いたと言われる。

「あしたっからお天道さまがお出ましにならないことをお伝えいたします」

若い看護婦のような声で、「あしたっから」という「っ」の入る言いかたは東京っぽかったと。

その先でアマテラスの岩屋戸こもりの話になったのはどちらが言い出したのだったか。その声ばかりの若い女はアメノウズメだったかもしれない。

それは耳で見る夢ですねえ、とぼくは言った。

その何年か後に自分が『古事記』の現代語訳をして、その場面も扱うことなど、それこそ夢にも知らなかった。お出ましにならないお天道さまを呼び戻す企みのところ——

アマテラスはなんだか様子がおかしいと思って、天の岩屋戸を少しだけ開いて中から言うには、

「私がここに隠っているから天の原は当然暗くなり、葦原中国も真っ暗だろうと思っていたのに、なぜアメノウズメは歌って踊っていて、ありとあらゆる神々が集まって笑っているの」と問うた。

そこでアメノウズメが答えて、

「あなたよりも尊い神様がいらしたのです。それが嬉しくて楽しく遊んでいるのです」と言った。

そう言っている時にアメノコヤネとフトタマが鏡を差し出してアマテラスに見せた。

そこに映った顔を見ていよいよ不思議に思ったアマテラスが外を覗いて少しだけ戸から出てきたところで、蔭に隠れていた天手力男神《アメのタヂカラヲのカミ》が手を取って引き出した。

この場面を話題にしてお喋りをするのに石牟礼さんほど好ましい相手はいない。本

来ならば石牟礼道子の文学はこういう世界を描くための装置だったはずだ。『あやとりの記』も『水はみどろの宮』も、『椿《つばき》の海の記』だって半分までは、夢でできている。

しかし、水俣は彼女にうつつを見させた。これが現実の人間のありよう、この地獄を作ったのが人間。それをせめて煉獄に変え、救いの道を付けなければならない。そういう声に応じて、四十年に亘《わた》ってその声の命じるままに力を込めて書き続け、『苦海浄土』ができた。あの大作の中では、うつつに踏みとどまらなければという意思と夢の方に行ってしまいたいという誘惑の力が拮抗している。

夢はよいものばかりではない。悪夢もまた夢。

去年の晩秋、熊本でお目にかかると、話されるのは幻覚のことばかりであった。その前、地震のすぐ後で電話で話した時は暮らしの場だったユートピア熊本の建物が崩壊したと言われた。新聞記事のような客観の視点から言えばこれは事実ではないが、しかし石牟礼さんの主観においてはこれこそが本当に起こったことだった。熊本の人々の多くが自分が住む世界が崩壊したと思ったのではないか。

晩秋にお目にかかった時の話。

話されるのは、「部屋の隅に二人の見知らぬ男が街灯のように立っている」という幻覚のことなどばかりだった。アメノウズメの時と同じ異界の話であり、そこに行って戻られた報告である。半ばはあちらへ渡られておられたのかもしれない。

あるいは、「どこかの温泉で着ていたものだけ残して消えてしまった入浴客。みなでいくら探してもどこにもいない」という話。

また、「(昔の水俣の)とんとん村の海岸に自分はいて、水平線に天草が見える。でも海を隔てる壁がある」とか。

お声は小さく、口元に耳を添えるようにして聞き取ったけれど、きちんと聞けたのは半分だったかもしれない。つまり残りの半分はぼくの夢、ないし石牟礼さんを通じて聞いた異界の事情であったか。

今、ぼくは『古事記』を素材にした長篇を書こうとしている。『あやとりの記』の夢幻と『苦海浄土』の苛酷を重ねたような話を目指している。肩越しに石牟礼さんが見ておられるような気がする。

されく魂――石牟礼道子一周忌に寄せて

石牟礼道子さんがお果てになってから一年が過ぎた。

太陽を一巡りして地球は同じ位置に戻ってきた。

また寒い時節。

一年前、容態が悪いと聞いたのは取材で行っていた小樽の先の車の中。札幌の家に戻った翌朝に、亡くなったと報せがあった。今も札幌はあの日と同じ雪景色。最高気温は零下五度。いつもの冬である。

作家や詩人が身罷った後、悼むのにすべきは著作を読むことだ。ご本人はいなくともその思いと考えは本の中に残っている。いわば永遠の命。

ところがこの一年、なぜか石牟礼さんの本を読む力が湧かなかった。どの文章も一行ずつが生々しくて、強烈で、ページを開いても弾かれてしまう。少し読んでわかった気になる自分を認めたくない。まして人前でしたり顔で石牟礼道子を論じるなどとてもできない。一度だけそういう場に立ったけれど、ひたすら作品の抜粋を朗読してお茶を濁した。

お目にかかった時の姿や声、それに対してあれだけの作品群を生んだ膂力《りょりょく》、この二つの像の間で途方に暮れている。この人を自分の中でどう位置づけていいか今もってわからない。気の利いた言い回しで賞揚すればいいというものではないのだし、そういう役割は一通り済ませた。これ以上は何かする分だけ自分の中の石牟礼道子が減ってしまう気がする。


熊本で刊行されている「アルテリ」というリトルマガジンの七号に石牟礼さんの詩が載っていた。草稿のまま残ったものが発掘されたのだ。これを読んで、書いている途中で新しい想を得て流れをがらりと変える、石牟礼道子の創作の技法に何百回目かにまた驚いた。渡辺京二さんはこれを「脱線」と呼ぶ（「脱線とグズり泣き」『預言の哀しみ』）。

脱線なのだろう。筆の貧しい者は足りない素材を無理に使い回して紙面を埋める。ぼくはものを書く自分は井戸であると思っている。水の湧出量は限られていて、性急に汲み上げると涸れてしまう。しばらくはまた滲み出すのを待つしかない（このイメージの背後には『星の王子さま』のあの滑車がきしむ井戸があるのだが）。

石牟礼道子の場合は水は奔放にとめどなく溢れ出て、地形を浸食し、勝手に流路を変える。

「アルテリ」の詩は死者のことから始まる——

よみがえる死

ながい小暗い原っぱを
お月さまばっかりを背にして五十年も歩いた
いくら死人《びと》だとはいえ

歩きつかれたと云っている

だけどもわたしは
原っぱだから
死者たちのゆく原っぱでしかないから
一度死んだら二度死ぬことはできないおまえたちよ
むくろばっかり抱いていて
いちどもあたたまったことのないわたしだって
生きるとも死ぬとも誰もきめてくれず
ただ永劫であるわたしは
こころが蒼いというだけで
おまえたちにはもっともふさわしいものなのだ

死んで（おそらく）浄土に向けて歩み続ける死人たちはわかる。薄暗い道をとぼとぼと辿る。宮澤賢治ならば「ひかりの素足」で一郎が弟の楢夫を連れて仏に出会うまで歩むあの道。

しかし、そこでどうして主役を原っぱの方に切り替えられるのだ？　この飛躍、この脱線が石牟礼道子である。


運動感、融通無碍、捉えようとするとするりと躱《かわ》してずっと先に行ってしまうダイナミズム。

それを考えていて思い至ったのが、心と魂の違いということだ。ここ数年は日本文学の古典に親しんでいるのでこういう方角に思いが向かう。


水俣の言葉に由来する石牟礼道子のキーワードが三つある。

「のさり」は天の恵み。患者の杉本栄子さんは最後には病気をさえ恵みと読み替えた。

「悶え神」は他人の不幸を己のものと受け止めて、何の助けにもならないのに共に悶える、そういう資質を持った人。同様に本が好きな叔父国人は「書物神」。精勤に励む人は「働き神」。

そして最も大事なのが「されく」という動詞。

「さまよう」であり、ありていに言えば「ほっつき歩く」である。石牟礼さんは「漂浪く」という漢字を当てる。方言を共通語化するための工夫。
ここも彼女の詩を引用するのが話が早いだろう——

糸繰りうた

日は日に
昏《く》るるし
雪ゃあ雪
降ってくるし
ほんにほんに　まあ
どこどこ
漂浪《され》きよりますとじゃろ

夜も日も明けず
わが魂の

ゆく先もわからん
みんみんぜみのごたる
みぞなげな
おひとで
ございます

「わが魂の／ゆく先もわからん」というところに鍵がある。みんみんぜみが飛ぶように魂は飛ぶ。どこへ向かうか知りようがない（「みぞなげな」は「かわいそうな」の意、と渡辺京二さんに御教示いただいた）。

魂は自由だから肉体から離れることができる。「魂《たま》」は「体内から脱け出して自由に動きまわり、他と交渉をもつことができる遊離霊で、肉体が滅びてもこの世にとどまって人を守るとされた」と『古典基礎語辞典』にある。

「魂」に対するのは「心」という言葉だ。同じく『古典基礎語辞典』によれば、「はじめは心臓とその鼓動を意味し、そこから、肉体に一つの場所を占める、あらゆる精神活動の主体と、その精神活動そのものを表す」ものである。だから心は一個の個体から離れることができない。それがエゴイズムの根源であり、故に夏目漱石はあの名作に「こゝろ」という題を付けた。

魂の動きについてわかりやすいのは——

もの思へば沢の蛍もわが身より
あくがれ出《い》づる魂《たま》かとぞ見る

という和泉式部の歌だ。

あるいは『源氏物語』の「葵」の帖。六条御息所の魂は（ここでは生霊《いきりよう》と呼ばれるが）、肉体を脱けて出産の褥に横たわる葵の上に取り憑《つ》く。

この「糸繰りうた」は母親が子供を、あるいは妻が夫を思っているように読めるけれど、実は自分の魂の行方を自分で案じているのではないか。民謡のような題がついているが、実体は自分を哀れむ繰り言なのではないか。

昔、心とエゴイズムについて真剣に考えたことがあった。

人はみな自分という塔の上にいる。そこは広い平野で間をおいて塔がたくさん並んでいる。それぞれの屋上に一人ずつ人がいて、手を振って合図したり言葉を交わすことができる。それは手旗信号でもいいしLINEでもいいが、しかし人は臆病だから塔を降りて隣の塔の人と抱擁することができない。孤独とはそういうことだ。この嘆きをもとにぼくは「帰ってきた男」という短篇を書いた。一本の境界線がある。そこを越えれば個の埒を超えて人格の融合が実現する。エゴイズムからすっかり解放される。しかし、それは人格の消滅かもしれない。二人の男がその境界線を前にして議論し、一人はそこを越えて彼岸にゆく。もう一人は越えられず「帰ってきた男」になる。

塔の上の人という問いをインドの山奥でダライ・ラマ法王に直接問うたことがある。いきなりこんなことを問われて猊下も戸惑われて、まああたりさわりのない答えが返ってきた。申し訳ないことをしたと思う。

それで考えるのだが、これを心の問題と考えるから解が得られないのだ。これは本来は魂に属する問題である。

魂であれば己《おのれ》を保ったまま他と融合できる。

『椿の海の記』で語り手のみっちんは狂った祖母おもかさまと融合している。

祖母はしばしばさまよい出す。孫が探しにゆくと降りやんだ雪の中に立っている。「世界の暗い隅々と照応して、雪をかぶった髪が青白く炎立っていて、私はおごそかな気持になり、その手にすがりつきました」という先、祖母に抱きしめられたみっちんは「じぶんの体があんまり小さくて、ばばしゃんぜんぶの気持ちが、冷たい雪の外がわにはみ出すのが申わけない気がしました」。これが魂の融合ではないのか。

あるいは権妻《ごんさい》であるもう一人の祖母おきやさまが語る浄瑠璃《じょうるり》の「葛の葉」の狐忠信に惹かれて、大《う》廻《まわ》りの塘《とも》で四、五歳の女の子が「いま狐の仔になって、それから人間の子に化生している自分とおもえばただならぬおもいがする。野菊の咲き乱れている足元がふっと暗くなり、この世は仮りの宿りとつぶやいて、えたいもしれずさまよい出したわが魂におどろいて見あげれば、もう色の変った海の風がするするとうねって来て、逆さ髪の影絵のような芒のあいに、赤いおおきな落日がぽっかりとかかっているのだった」。

魂がさまよい出す。ほっつき歩く。

それはそのままこの作家・詩人の魂が水俣病の患者たちの魂と融合できるということである。だから彼らの思いを深いところで捉えて、彼らの言葉として『苦海浄土』を紡ぎ出すことができた。それは軽薄な読者が聞き書きと思い誤るほどうまくいった。共感能力と言ってもいいけれど、しかしそれは「されく魂」の力なのだ。sympathyもcompassionも語源は共にpathosを共有するという意味である。

若い時、石牟礼道子は生きるのが辛かった。世間と折り合いが悪く、何度か自殺を試みたほど辛かった。

その思いをとりあえず短歌にした。結婚に際して(!)

何とてやわが泣くまじき泣けばとて尽くることなきこのかなしみを

と詠んでいる。

短歌はミニサイズの私小説である。それで苦しさを表明したけれど、それは心の問題であった。やがて歳月を経て彼女はエゴの砦を出る力を蓄え、心ではなく己の魂に率いられるようになった。その萌芽は戦災孤児を引き取って面倒を見る「タデ子の記」などに見ることができる。他者への関心が生きる力となった。

後に水俣病の患者たちに出会った時、彼女はそこに魂の同胞を見出した。近代は、チッソは、魂を拒絶する。無限に増える数字の壁で魂を押し伏せようとする。

柳田国男は「我々は皆、形を母の胎に仮ると同時に、魂を里の境の淋しい石原から得たのである」と言った（ぼくはこれを福永武彦の『忘却の河』の第七章の扉で知った。柳田の原典は「神を助けた話」という赤子塚の話らしい）。近代はこの「淋しい石原」をブルドーザーで壊してしまった。魂はみな寄る辺なき身になった。


こういうことを書きながら、こんな風に石牟礼道子の世界を要約してどうするのだという思いも湧いてくる。いくら解説したところで彼女のオリジナルの一行にはかなわない。第一、この種のことならば渡辺京二さんがずっと先行してずっと的確に書いておられる。この人の石牟礼道子論を読むたびに自分が何も読めていなかったことに気付いて息をつく。石牟礼道子は存在自体が一つの文学的な奇蹟だが、その近傍に渡辺京二がいて彼女を支え、読み解き、世間との間を繋いだこともまた文学の奇蹟だった。彼の『もうひとつのこの世』と『預言の哀しみ』があればぼくのこの小論などとんと無用なのだ。この二冊を全文引用すればそれで済む。

そもそもこの文章は引用が多すぎる。資料に依《よ》って論を構築するのは理系の手法である。化石に頼る古生物学のようなものだ。他ならぬ石牟礼道子のしなやかな文業に対してそういう途からしか近づけない自分を恥じると同時に、しかし生半可に彼女の文体を模したセンティメンタルな悪文を書かない抑制くらいはあると自覚する。

「高《たか》ざれき」の癖がひっついた者、という言い回しを彼女はどこかでしていた。どうやら京二さんにもぼくにも、石牟礼道子がひっついているらしい。

ではまた著作を新しい目で読もうか。『椿の海の記』と『苦海浄土』、どちらを先にしよう。『十六夜橋《いざよいばし》』も『あやとりの記』も読んでくれとせがんでいる。傍らには京二さんの本と並べて米本浩二の『評伝　石牟礼道子——渚に立つひと』を置いておこう。

あとがき

三回忌を機に石牟礼さんについて本を二冊まとめようと思った。一冊が論めいたものを集めた本書であり、もう一冊はお喋りを集めた『みっちんの声』である。ずいぶん長く読んできたし、何度となく会って話した。その記録を改めて積み上げてみる。

この人に対する位置の取りかたを考える。

渡辺京二さんは臨終のすぐ後で追悼文を依頼する新聞社などからの電話に「身内ですから、夫ですから、わが嫁の、追悼文を書いたらヘンでしょう」と言って断った

（米本浩二『魂の邂逅――石牟礼道子と渡辺京二』）。

水俣の漁師は石牟礼さんに向かって「姉《あね》さん」と呼びかけた。ぼくの気持ちもこれに近い。石牟礼道子はぼくにとっても「姉《あね》さん」であった。それと同時に幼い「みっちん」であった。

読み返してみるとどちらの本にも同じ話の繰り返しが多い。整理すべきなのだろうが、時間を掛けて育ってきた本である。そう思ってそのまま残すことにした。

先に米本浩二『魂の邂逅』を少し引いたが、この本を書評するとて書いた文をぼくはこう始めた――

魂は心ではない。心は人の中にあってその時々の思いを映すスクリーンである。しかし魂の現象はもっとゆっくりと推移する。そして、何よりも、魂は身体を離れることができる。

心と心の出会いで魅せられれば性急に恋にもなるだろう。しかしそれが魂同士の邂逅ならば恋と呼ぶよりもずっと静かな、永続的なものになるはずだ。世俗的な理由から二人の心と心がぶつかる時でも、身体を離れた魂たちは穏やかに寄り添っている。

これが石牟礼道子が言うところの魂である。水俣の老人が幼子の目を見て「魂の深か子およのう」と言った時のその言葉である。

三回忌まで八十日あまりの初冬の日　札幌

[初出一覧]

I

■『苦海浄土』ノート 「石牟礼道子全集 第二巻」『苦海浄土 第一部・第二部』解説 二〇〇四年四月 藤原書店

■不知火海の古代と近代 「池澤夏樹=個人編集 世界文学全集 Ⅲ-04」『苦海浄土』解説 二〇一一年一月 河出書房新社

■水俣の闇と光 「池澤夏樹=個人編集 世界文学全集 Ⅲ-04」『苦海浄土』月報 二〇一一年一月 河出書房新社

■明るくて元気で楽しそう 『食べごしらえ おままごと』文庫版解説 二〇一二年九月 中公文庫

■世界文学の作家としての石牟礼道子 「環」53号 二〇一三年四月 藤原書店

■「日本文学全集」『石牟礼道子』解説 「池澤夏樹=個人編集 日本文学全集24」『石牟礼道子』解説 二〇一五年十月 河出書房新社

■『評伝 石牟礼道子――渚に立つひと』文庫版解説 米本浩二『評伝 石牟礼道子』文庫版解説 二〇二〇年一月 新潮文庫

II

- 書評『最後の人――詩人 高群逸枝』「毎日新聞」二〇一三年一月十三日
- 書評『葭の渚――石牟礼道子自伝』「毎日新聞」二〇一四年二月十六日
- 書評『不知火おとめ――若き日の作品集 *1945-1947*』「熊本日日新聞」二〇一五年一月二十五日
- 書評『無常の使い』「毎日新聞」二〇一七年四月二十三日
- 書評『完本 春の城』「熊本日日新聞」二〇一七年九月二十四日
- 書評『道子の草文』「熊本日日新聞」二〇二〇年二月二十二日

III

- ぼくのもとに無常の使い 「朝日新聞」二〇一八年二月十日
- 石牟礼さんがお果てになった 「文學界」二〇一八年四月号 文藝春秋
- 夢とうつつを見る人 「アルテリ」6号 二〇一八年八月十五日 橙書店
- されく魂――石牟礼道子一周忌に寄せて 「文藝」二〇一九年夏季号 河出書房新社

■池澤夏樹（いけざわ・なつき）
一九四五年、北海道生まれ。一九八四年『夏の朝の成層圏』で長編小説デビュー。一九八八年『スティル・ライフ』で芥川賞、一九九二年『母なる自然のおっぱい』で読売文学賞、一九九三年『マシアス・ギリの失脚』で谷崎潤一郎賞、二〇一〇年『池澤夏樹＝個人編集 世界文学全集』で毎日出版文化賞、二〇一一年朝日賞、二〇二〇年『池澤夏樹＝個人編集 日本文学全集』で毎日出版文化賞、他多数受賞。小説『花を運ぶ妹』『カデナ』『キトラ・ボックス』『ワカタケル』、エッセー・評論『見えない博物館』『楽しい終末』『言葉の流星群』『科学する心』他。

されく魂《たましい》　わが石牟礼《いしむれ》道子《みちこ》抄《しょう》

二〇二一年二月一八日　初版印刷
二〇二一年二月二八日　初版発行

著　者　池澤夏樹
発行者　小野寺優
発行所　株式会社河出書房新社
〒一五一—〇〇五一
東京都渋谷区千駄ヶ谷二—三二—二
電話　〇三—三四〇四—一二〇一（営業）
　　　〇三—三四〇四—八六一一（編集）
http://www.kawade.co.jp/

印　刷　株式会社亨有堂印刷所
製　本　大口製本印刷株式会社

Printed in Japan　ISBN978-4-309-02945-0

石牟礼道子・池澤夏樹

『みっちんの声』

石牟礼が亡くなる直前まで、十年近い交友の軌跡が生き生きと甦る対話集。作家同士の親密な語り合いの中から池澤は、石牟礼の創作秘話、その奇跡的ともいえる作品の真髄を浮かび上がらせる。

河出書房新社